JN328664

# 庭の小道から

― 英国流ガーデニングのエッセンス ―

# 庭の小道から

― 英国流ガーデニングのエッセンス ―

スーザン・ヒル 文
アンジェラ・バレット 絵
新倉せいこ 訳

西村書店

Through the Garden Gate
Text copyright ©1986 by Susan Hill
Illustrations copyright ©1986 by Angela Barrett
Japanese translation rights arranged with Hamish Hamilton Ltd., London
through Tuttle-Mori Agency Inc., Tokyo
Japanese edition copyright ©1992 by Nishimura Co., Ltd.
All rights reserved.
Printed and bound in Japan.

# 子どものころの庭

子どものころ、庭は、わたしにとってとても大きな存在でした。でも、いちばんよく覚えている庭は、現実のものより、むしろ想像の庭なのです。わたしは遊びの中で、ことに空想や夢の中で、それがどんな庭か、はっきりと描きだすことができました。中でも最初の大切な庭は『不思議の国のアリス』の庭です。大きくなってからもずっと心の片隅に残っていて、そこに入っていきさえすれば、すぐに気持ちがやわらいで、喜びにあふれた、さわやかな気分になれました。あの物語の庭なら、どんな植物でも木でも細かいところまで知っています。花壇や植込みの間の、夏の太陽が輝く広い道を、自由に歩きまわることができます。
　ところがその庭をさがしに本の中に戻ってみると、実際には具体的な描写はほとんどなくて、すべてが誘いと暗示でしかないことに気づくのです。

　"アリスが膝をついて廊下を見渡すと、見たこともないような美しい庭園が目に入りました。アリスは、どんなにか、その暗い廊下から出て、あの明るい花壇や涼しげな噴水の間をぶらつきたかったことでしょう"

ほんのわずかな描写ですが、ここには庭に望むものすべてが、なにげなく暗示されています。今閉じこめられているうす暗い心の部屋の向こうのほうに、さんさんと輝く光があり、草木が育ち、水の流れる不思議な場所がかすかに見えます。そこは自由に歩きまわれる所で、まさに天国を表わしているようです。

　それから２、３年後に、わたしは、誘いこまれるようにして２番目の架空の庭に出会いました。メアリー・レノックスが見つけた庭です。おおいかぶさったツタや高い壁、鍵のかかった門の向こうに、その『秘密の花園』はありま

した。悲しみと沈黙の場所、また愛と新しい生命の場所でした。丹念にきちんと手入れされ、ひっそりとして、鳥がよくやってくる庭。過去のさまざまな出来事が思い出されるようなところ。その庭はわたしの隠れ家となり、楽しみとなりました。いつでも訪ねることができて、バーネット

の本を読む人なら、誰でもその扉の鍵を開けることができるのです。

　もちろん、わたしには現実の庭もありました。実際の庭も、実生活に劣らず想像の場所となりました。最初の庭は貧弱で、本当はまったくつまらないものでしたし、実はそれはわたしたちのものではなく、灰色の大きな家の家主の庭で、わたしたちはその家の屋根裏部屋を借りていただけ

なのです。手足の不自由な年老いた母親と独身の娘が１階に住んでいて、彼女たちは家のどの窓からも庭を見渡すことができ、イボタの木の生け垣越しには郊外の三日月形の広場も見渡せたのですが、わたしたちの部屋からの眺めは屋根と空だけでした。その庭で遊ばせてもらったこともあります。ただし、花壇を踏み荒さない、ボールを使わない、ミニカーを走らせない、花を摘みとったり掘ったりしない、芝生に足跡がつくような靴ははかないというたくさんの条件つきで。

　そう言うと、そこには、本職の庭師が何時間も手をかけたような珍しい植物や、第１級の芝生があったと思うかもしれませんが、そうではないのです。実際には、小さくて質素なただの四角い土地でした。けれども、空想で自分の好きな場所に変えることは自由でした。それにいちばんよかったのは、種を蒔くとか木を植えるとか、どんな形にしろ面倒をみる人が誰もいなかったことです。週に１度、頭のはげた無愛想な男の人が草を刈りにきて、バラの茂みの雑草をとるだけでした。

　わたしはそこで、いく時間もしあわせな時を過ごしました。幼い子どもにとって、日常生活の大きな位置を占める場所というものは、現実とはあまり関わりのない重要さと魅力をそなえているものです。わたしは、そこにあった花や茂みなら、どんな季節でも細かいところまで知りつくしていました──まるで親しく言葉をかわす人のように。鏡を通ってあの本物の花の咲いたもうひとつの庭に入ったときのアリスに、いっそう近づいたような気持ちでした。

　誰が最初にその庭を設計したのか、花を植えたのかということはわかりません。ただ美的感覚のある人がいたとは思えませんでした。せまい場所には大きすぎて見栄えがしないものや、つまらないものしかなかったからです。そこ

にあったのは、暗くてうっそうとした月桂樹、ヒイラギナンテンの茂み、オオアジサイ、針葉樹、高いイボタの木の生け垣、生い茂ったコトネアスター、キバナフジなどです。キバナフジのたれさがった黄色い花とねじれたさやは、その１本が唇をかすっただけでもたちまち死んでしまうから、気をつけなさいと教えられました。そのとき初めて、本当の悪というのは暗いものではなく、むしろ明るく誘いこむようなもの、魅惑的で色あざやかに人をだますものだ、ということを知ったのです。

　もちろん、美しいものや楽しいものも少しはありました。小道を縁どっている石の間に、一面に並んでいるヒカゲユキノシタ、大きなムカシショウブ、ベルベットのようなパンジー、２月にブナの木の下に咲くトリカブトなどです。それに大きなフィラデルフス。クリーム色の花弁の、きついにおいで圧倒されてしまうような花です。ちょっとでもかいだら、そのにおいに酔ってふらふらになり、大きな茂みの下に立ちつくしてしまいます。

　家の庭以外にも、べつの庭園の世界がありました。わたしたちは庭づくりが自慢の街に住んでいたのです。毎日どんな天気の日でも、あちこちの庭を歩きまわりました。今でも目を閉じれば、それぞれの庭へ行って、すべての道を通り、角を曲がって、平たい池や石像、階段や洞窟のあるイタリア庭園を、迷わずに進んでいくことができます。海岸に続いているくねくねした断崖の道があり、傾斜の急な庭園は木でおおわれていて、春になるとたくさんのユキノハナやサクラソウ、クサノオウやスミレが咲くのです。目の見えない人のためには香りのする庭があり、バラ園や模擬庭園もありました。ミニチュア庭園には小さな滝があって、岩の上を流れて小さな湖水にそそいでいます。小さ

いタイコ橋を渡ると島があり、木造のボート小屋にはブルーボーイ号というボートがつながれていて、幻の漕ぎ手を永久に待っているのです。4歳になるかならないころ、その前に立っていて突然、自分の手足が巨大なことに気づきました。わたしはもう巨人だと思ったものです。その庭の砂利道を歩くには足が大きすぎました。中に踏みこむことが許されるなら、ガリバーのようにその小さな国をまたぐこともできました。失われた過去を惜しむ気持ちと（この場合、実際には存在しなかった過去なのですが）、大きくなりすぎたアリスが、美しい庭園に通じる小さなドアを通ることができずに味わったにがい失望を、初めて理解したのはこの庭だったように思います。

# 鉢植えの庭

　どんな土地にだって庭らしいものはつくれます。都会の高層の家が立ち並ぶうす暗いじめじめした場所でも、路地やコンクリートの殺風景なところでも、草の生えない舗道の敷石でも、出窓や玄関やかわいいバルコニーの平たい屋根の上、アパートの入口のドアの外──どんな場所でも、鉢を使って庭をつくるだけで、大いに楽しむことができるのです。でも、もし広いテラスや広大な芝生、ゆったりした私道のような自慢できる広い場所があるのなら、さまざまな容れ物に植えた花を置けば、眺めが一段とよくなるでしょう。

　思っているよりはるかにたくさんのものが、鉢で育ちます。何かためしに育ててごらんなさい。根が深く伸びすぎたり、横に張りすぎたりしないもの、そして大きくなりすぎないものを。

　春には、どこの店でも売っている花壇用の植物の箱から選ぶのが、いちばん簡単です。種類はありきたりのものですが、注意深く選べばそう悪いものはありません。1色で1種類のものをたくさんまとめるほうが、少しずつあれこれまぜるより見栄えがするでしょう。1ダースもの白いペチュニア、淡いピンクのキンギョソウ、濃い紫のパンジー、淡青色のロベリアの群れなど。クジャクソウで銅製の容器をいっぱいにするのもすてきです。

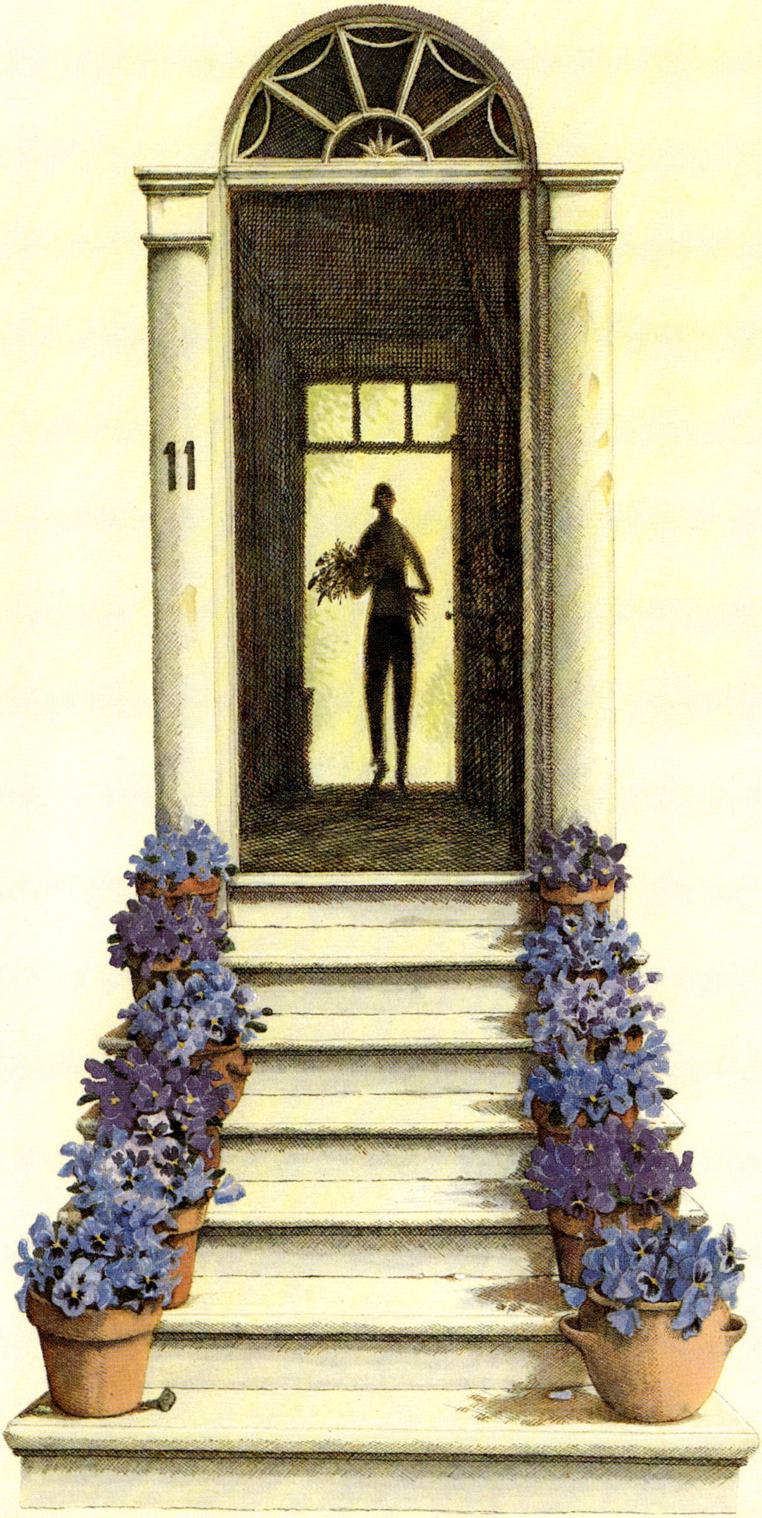
11

買ってきた植物を、手持ちの何かに入れてごらんなさい。容れ物が多ければ多いほど楽しいものです。いろいろな鉢に入れてみましょう。古いもの新しいもの、大きい鉢小さい鉢、ふちが練り粉(ペーストリー)のようにくねっている大きな素焼きの鉢、花飾りの把手がついた石の壺、木の箱、雨でしみのついたものや白塗りのもの、コケで縞がついている枝で編んだバスケット、バケツ、しびん、手押し車、やかん、かいば桶。屋内の園芸には、中古品の店やガラクタ市で、陶器のボウルとかひび割れたマグカップや壺を見つけてくるといいかもしれません。そこに球根を植えて、暗い冬じゅう眺めることができます。
　みすぼらしい花も鉢に入れると立派に見えますし、ツバキのようにえり抜きの優雅な花もすばらしいものです。ユリは鉢に入れると、とてもよく育ちます。ユリの繊細な性質にぴったり合った土を用意し、必要に応じて日なたや日陰に鉢を動かすようにします。バラも鉢に植えてごらんなさい。ラベンダーや月桂樹やフクシャも。でも、発育が止まってしまったかさかさの小さな針葉樹や、同じようにく

すんだ緑の木は、どんなにすてきな容れ物に植えてもむだです。

　ハーブは少しずつまとめて植えれば、よく伸びます。あんまり多すぎると広がってしまって、どんどんはびこっていく習性があるのです。パセリ、ミント、タイムの鉢植えとか、バジル、エストラゴン、ローズマリー、マヨラナやチャーヴィルの鉢植えは、キッチンの窓の棚に並べてもいいし、すぐに摘めるように、裏口のドアの脇に置いておくのも便利です。

　最高に味のいいトマトが、戸外の植木鉢で育つこともあります。上手に心をこめて世話をし、水をやり、しっかりと棒で支えておけば、日あたりのあまりよくない場所でも夏の曇天でも育つのです。中でもいちばん甘いのは、かわいいガードナーズ・ディライトという品種です。

　子どもにせがまれてジャムのつぼに植えたサヤインゲンですが、大きな鉢に移しておいたら1、2か月で、食卓に出せるくらいのサヤマメがとれました。底の広いコンテナでは、種から育ったズッキーニがあざやかな黄色の華麗な

花をつけ、まもなくみごとに実を結びます。

　小さな鉢に、レモンやオレンジ、ブドウ、アボガド、モモ、アプリコット、リンゴ、ナシ、プラムなどの種を植えてみましょう。芽をていねいに育て、秋から冬、早春までは室内の日陰に置き、夏は外の日にあてます。そして毎年きちんと移しかえれば、実は結びませんが、やがてすばらしい木になります。盆栽用にちょうどよい種類を選べば、鉢で育った木だけで、庭のいちばん小さな片隅に本物の果樹園ができあがります。

　バルコニーかちょっとしたフェンスや格子垣があって、支柱か細い綱でもあれば、クレマティスやツルバラやいろいろな種類のスウィートピーが鉢の中に根を下ろし、やがてツルとなってよじのぼり、一面に広がって見苦しさをおおい隠してくれるでしょう。

# 野菜の庭

"いくらひいき目にみても、パースニップ（アメリカボウフウ）が食べられるものだと思わせるのはむずかしい。だが、それを育てるのはとても骨が折れるが、大変楽しみでもある。春の初めに移植ごてで穴を1列に掘り、ふるいにかけた良質の土を地面すれすれまでかけ、そのやわらかな穴の中に1ダースほどのカリカリしたパースニップの種を押しこみ、上から土を軽くたたく。夏がきたら、それぞれの群れから1本だけを残し、あとは全部引きぬく。先が羽のようにふわっとして、淡い金色に輝く若木を堆肥の山に投げるのは、いつも心が痛む。でもほかに仕方がない。やがて冬が近づくと、残された木の堂々と広がっていた葉は朽ちて黄色くなり、パースニップは引っこんで地下の存在となる。クリスマスが過ぎて少したつと、霜のおりた固い地面がひび割れてくる。そうしたら、よく育ってひげの生えた、においの強いパースニップを苗床から引きぬくのだ"

ジョン・ケアリー

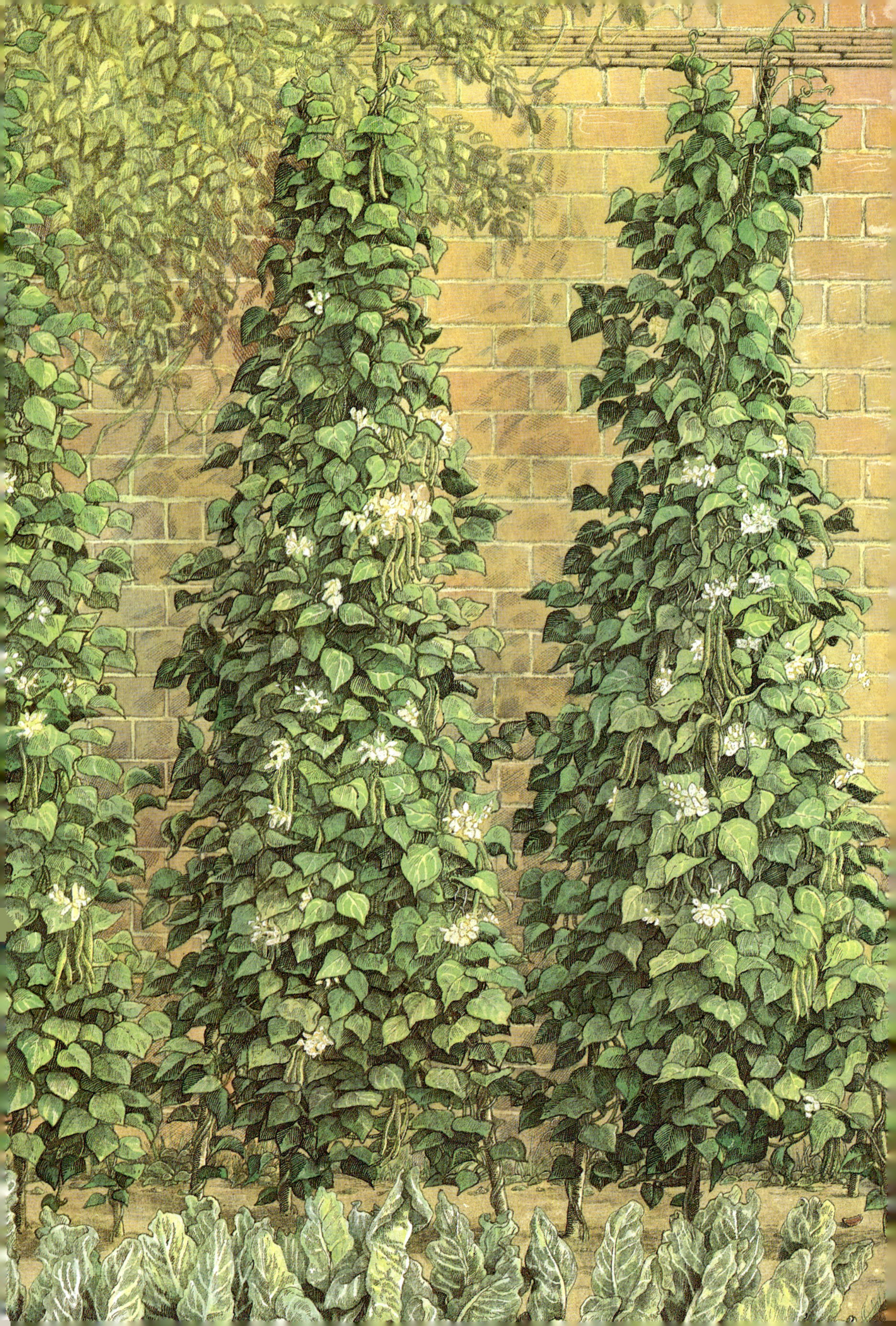

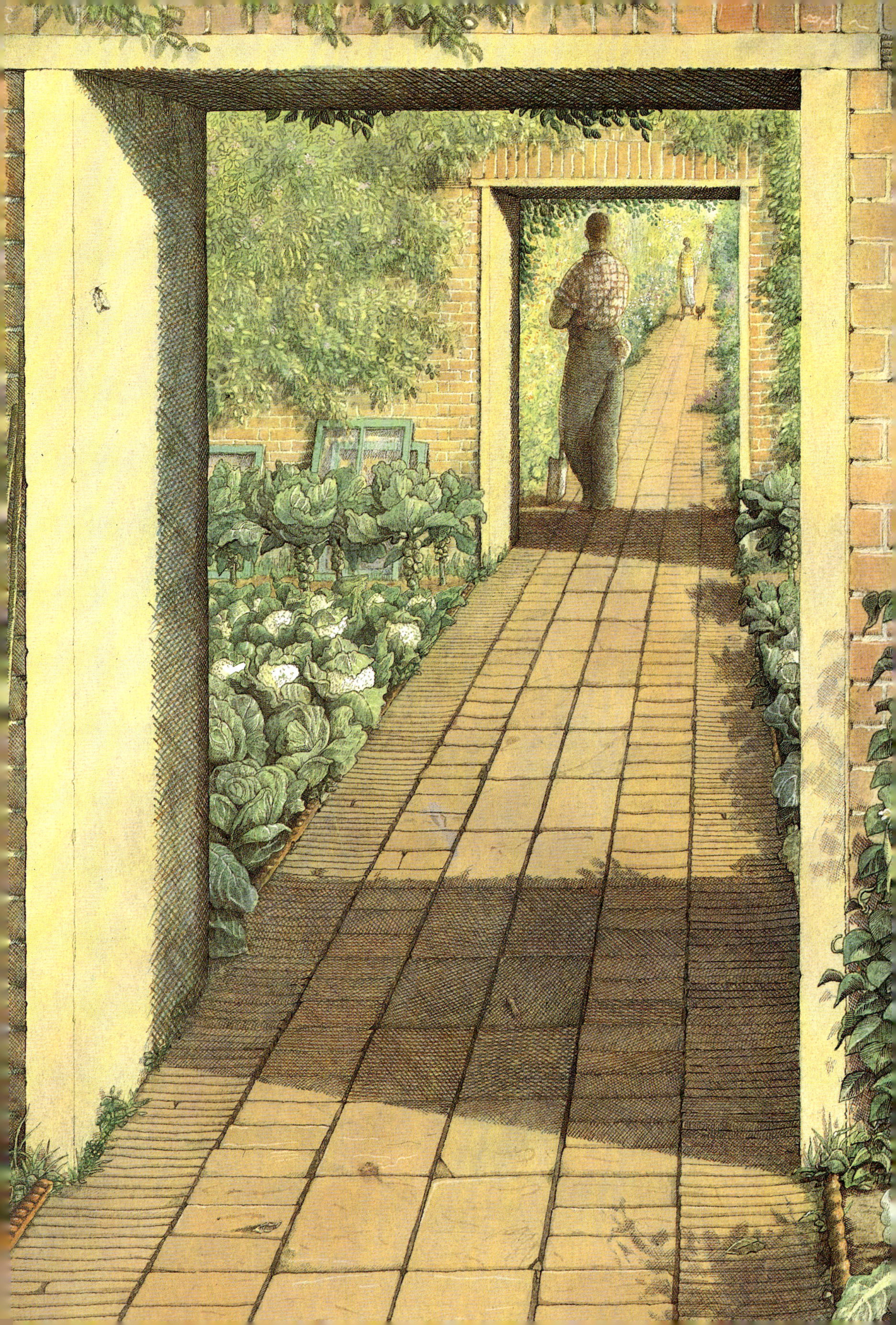

"野菜をつくる人にとっては、もともと食べるかどうかは問題ではない。自分の世話をしているものを日常生活用品として使いたがる人に対しては、図書館員と同じで、きまっていやな気持ちになる。キャベツを畝から引きぬいて、調理人に渡さなければならないなんて、いつだってしゃくにさわる。抜いたあとの穴は折れた歯と同じで醜い。反対に、握りこぶしのようにしっかり実を結び、外側の紫の葉を広げて露にぬれ、ひとつも欠けていない整然としたキャベツの列にはいつも元気づけられる"

ジョン・ケアリー

"初めてお皿いっぱいのエンドウマメがとれた。マメの木でできた道は高くなり、緑一色の垣根にはサヤがいっぱいになる。「夕食用に摘んでくるわ」とアニーが言う。でもわたしたちも自分で摘みたくて、庭に走っていく。またもや収穫が始まるというので興奮してしまう。いちご摘みにくらべると、エンドウ摘みはむずかしいがドラマティックではない。急にあざやかな深紅色になったりすることはないし、果実のやわらかなあたたかみもない。それはただ形の世界で、葉と区別できるのは、エンドウマメの大きさと

形だけだ。目で見て摘むというより手ざわりで摘む。エンドウマメの木はやさしい緑色で、エンドウの陰で日光をさえぎられているレタスの青白い色と違い、深くやわらかな緑をしている。バスケットは、ガサガサ音を立てる固いサヤエンドウでいっぱいになる。レタスはサラダ用に摘む。自分の土地から自分の食物をとるのは、すばらしいことだ"

クレア・レイトン

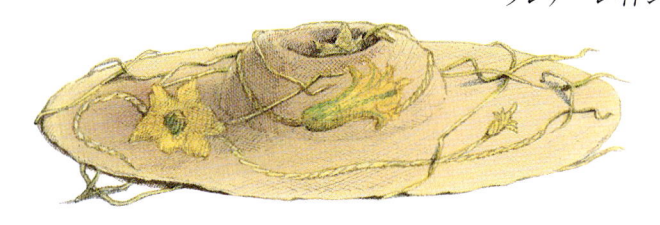

"庭を楽しみたくて静かに歩きまわる暇があるときは、野菜の間を歩くことにしている"

ガートルード・ジキル

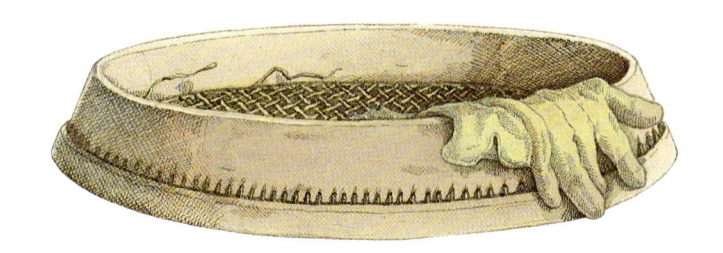

　わたしの友人が、有名な庭園のある田舎の大邸宅に出かけました。ところがちょうど休日で人気のある場所は混んでいたので、友人はバラ園や泉、ひな段状の芝生、枝をからませた歩道をさけて、長く続く高い壁の方へ歩いて行きました。彼は壁の向こうに菜園があるのを知っていたのです。入口の鉄の門のところで、そこの女主人に会うと、彼が道をまちがえて一般の人の入れないところへ来ているのだと、彼女はていねいに教えてくれました。「だって、ここから向こうは野菜ばかりですからね。誰もそんなものは見

たがりませんよ」と女主人は言ったのです。

　けれども手入れのゆきとどいた菜園は、たいていどの季節でも眺めていて楽しいものです。生産的で役に立つというだけでなく、整っていて美しく優雅でもあるからです。自分の食物が育つのを見る満足感は最高です。けっしてばかにしたものではありません。それに時期の早い最初のジャガイモや、キューキュー音のするサヤエンドウ、土のついたかわいいニンジン、草と同じ緑色のレタスを、摘んだり引きぬいたりする喜びは、格別なのです。

　誰でもちょっとした土地さえあれば、菜園をうまくつくることができます。そんなに広い必要はありません。鉢やコンテナに植えたり、ポーチの籬や格子垣にからませて、たくさんの野菜を育てることができるのです。

　土は丹念に準備する必要があります。石をとり除き、よく掘りかえし、ふるいにかけ、肥料を十分にやります。できるだけ日のあたるところに置き、キッチンからも道具小屋からもあまり遠くないようにします。いろいろやっていくうちに、本、雑誌、新聞、種のカタログ、種の入った包み、ほかの園芸家などからも、学ぶことができます。特別な秘訣はありません。がんじょうでよい道具を使うことです。失敗してもかまわないという気持ちで、あれこれとゆっくり時間をかけることです。

　区画が大きくなれば、それだけ仕事の量もふえますが、菜園の限度を心得ておく必要があります。前もって計画を立てることが大切です。ぜひとも覚えておかなければならないのは、自分の好きでない野菜を育てる必要はないということです。ありったけの種類の野菜がきちんと並ぶような大きな菜園は、専門家か時間とエネルギーと手助けが十分ある経験者にまかせておきましょう。せまい区画を手に入れて、そこで何でもかんでもつくろうとするのは理想的

ですが、まちがっています。自分の家の庭に、ありとあらゆる花を育てようとする人はいません。ところが驚いたことに、実に多くの人がタマネギ、ニンジン、パースニップ、ジャガイモ、カブ、カボチャ、キュウリ、エンドウマメ、ダイコン、ビート、芽キャベツ、カリフラワー、ブロッコリ、レタス、トマト、あらゆる種類のハーブなど、すべての野菜を育てなければならないと思いこんでいるのです。

　まず初めに、頭に浮かぶ野菜をぜんぶリストにしてごらんなさい。ありふれたもの、珍しいもの、根菜、葉もの、さや状のものなど。園芸の本を見たり、家族や友人にも聞いてみて、そのリストの中から、好きではない野菜やあまり食べたくないようなものをはずします。

　次にごくふつうの野菜の中で、どこの店でも質のよいものを簡単に安く買えるのがいくつ残っているかを見てみましょう。ジャガイモとかニンジン、カブハボタンなどで貴重な土地を使いきってしまうのはむだなことです。どこででも買えるものは、たいてい質もよくて値段も安いものがあるのです。野菜を育てるのがお金の節約のためだけなら

ば、種や苗や道具、肥料とか殺虫剤とか時間など、こまごまと計算しなければなりません。それから、植物の病気や害虫、質の悪い種、悪天候、貯蔵中の腐敗で失敗することなども見込んでおく必要があります。自家製の作物は不経済で、自分の家でとれた大きなタマネギと店で買ったものとの差は、ごくわずかだということがわかるはずです。

それから、自分の土地の位置や土壌、天候の状態を考えてみましょう。ニンジンには、軽い砂質の土壌がぴったりで、厚く重い粘土質は合いません。近くに鳩がすみつくような木があれば、アブラナ属の野菜がよく育ちます。ネズミや小鳥たちが荒らすようなら、エンドウやインゲンの種を守るために、蒔いた瞬間から気をくばり続けなければなりません。

さて次に、自分が大好きでたくさん食べる野菜を、全部選びだしてごらんなさい。とくに高価で買いにくいものとか、摘みたての新鮮な味が店で買ったものとは比較にならないほどおいしいものを。こうしてようやく、いくつかの種類に限定することができます。3、4種類か、あるいは

たったひとつかもしれません。そうしたら新ジャガやサヤエンドウ、サヤインゲンやサラダ用の野菜のスペシャリストを目ざしましょう。ひとつのことにすべての希望をかけ、持っている全エネルギーと時間と世話と愛情、それに育てるための専門技術もありったけつぎこむのです。そうすれば、皆にうらやましがられるほどのすばらしい収穫をあげることができます。11月から7月までに、種を蒔きます。5月からクリスマスにかけ、あらゆる種類のサヤエンドウやインゲンが一面に育っている庭は、誇らしくうれしいものですし、周囲の羨望のまとになることでしょう。最高の収穫をあげれば、新鮮なうちに食べることも売ることもでき、冷凍、乾燥させることもできます。エンドウマメは初もの、旬のもの、季節の終わりのもの、とすべてをとりいれることができるし、マンジュトゥ、シュガースナップ、グリーンピース、ソラマメ、ベニバナインゲン、サヤインゲンなど、何でもとれます。ミツバチや蝶々を惹きつける花一面の菜園をつくるのもすてきです。菜園のスペシャリストになるのは、とてもすばらしいことなのです。

## お気に入りの野菜たち

**マンジュトウ（エンドウマメの一種）**

 くいか長い棒で台枠を立てるといいでしょう。風や、成長したときの木の重みに耐えられるように、土にしっかりさしこみます。2メートル半にも伸びる種類のものもあります。大きくするためには、雑草を取りのぞいてやることと、とれたマメを規則正しく摘むことです。

**紫と白の若芽を出すブロッコリー**

 若いものはアスパラガスのようにやわらかいので、さっと蒸して溶けたバターをつけます。ブロッコリーは3月の、あまり新鮮な野菜がないときに、野菜不足を補ってくれます。たくさん実るし、栄養たっぷりなうえに、面倒なこともほとんどありません。ただ、厳しい冬と害虫には弱いのです。3月に種を蒔き、7月に植えかえます。

セルリアック（根セロリ）
　4月に種を蒔き、7月に浅く植えかえ、根が大きくなるように水をたっぷりかけます。おいしくて独特な味わいがあり、大変用途が多く、鉄分がたくさん含まれています。店で買うと高いものです。

チャード（唐ぢさ）
　野菜の中で育てるのがいちばん簡単です。ひとつの値段で2回分なので大変役に立ちます。ホウレンソウのような葉菜で、茎を蒸したり、ゆでたりします。セロリの料理と同じようにして食べるか、生のままでサラダに使います。夏と秋はずっと摘むことができ、定期的に摘んで大きくします。冬にはぱったりと葉がなくなるのですが、春になると魔法のようにまた出てきて、最後の種になってしまう前に2度目のとりいれができます。野菜をひとつだけというなら、このチャードがいいでしょう。

ズッキーニ
　3月に種をふたつ、小さな泥炭（ピート）の鉢に蒔いて、日のあたる出窓に出しておきます。霜がすっかり消える5月末か6月初めに植えかえます。肥料と水を十分にやり、定期的に刈りとります。たくさん実がなり、装飾にもなるおいしい野菜です。

## 野菜づくりの楽しみ

早生のエンドウや　インゲンの白い花
夏の盛り　小屋やテントに　はい上がっている
ベニバナインゲンの　深紅の花
朝日の中でひらく　ズッキーニやカボチャの
華やかなオレンジの花
衛兵の帽子みたいに　頭を折って
整然と並んでいる　ニラネギ
キャベツの内側の縮れた葉に　じっとしている　露の玉
まるで　水晶のしずくのよう
掘りたてのジャガイモの　野生の香り
こっそり摘んで生で食べる　エンドウマメのおいしさ
鋤(すき)にもたれている時間
冬　土を掘り返したあと　あたたかいスープのカップで
ひりひりとかじかんだ手を　あたためること
黒い土に初めて植えた　淡い緑の苗木の列
いろいろなものがうずたかく積まれた　かご
屋根にあたる雨の音がきこえてくる　庭の納屋に
ひものように編んで下げてある　タマネギ

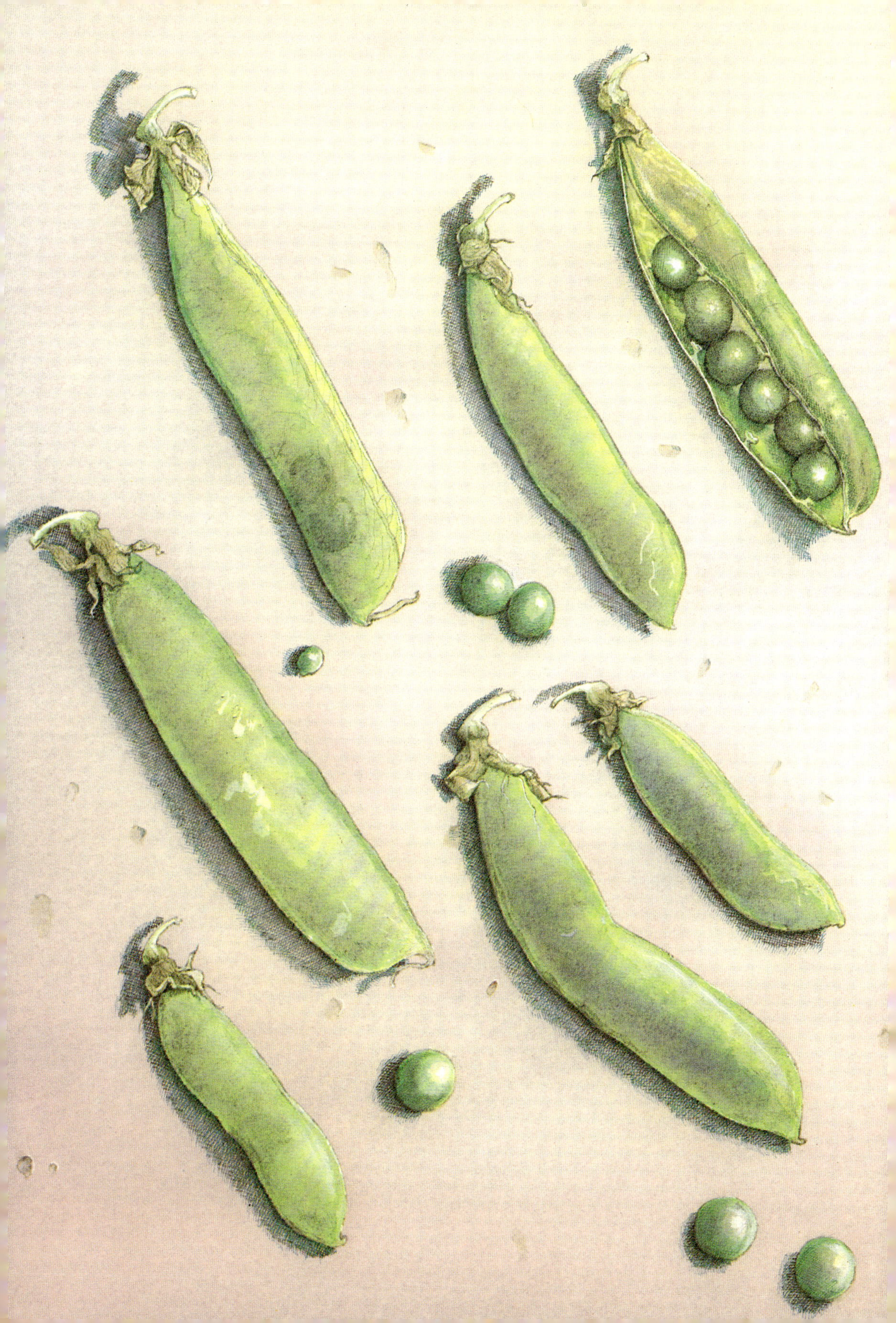

# ハーブの庭

　家のそばにハーブを少し植えてみましょう。ぜんぶが庭の装飾になるというわけではありません。しっかりくいとめなければ、どんどんはびこっていくもの、伸び放題の髪と同じで、一面に広がってしまうものもあります。タイムには断固とした態度で接しましょう。セージとミントは無慈悲なぐらいに扱う必要があります。

　ちょっと変わったものに凝る実験好きなコックみたいにハーブに夢中になる人や、エリザベス朝の人々のようなハーブの庭を持ちたいとか、変わった薬を調合したいと思う人は別として、昔の製法が記されている色あせた埃っぽい本に出ている薬草には、注意しましょう。そういう風変わりな薬草は、せっかくのハーブの土地をごたごたにしてしまうだけで、役にも立たず飾りにもなりません。ラベルに書かれた文字が、風雨にさらされて消えてしまっているようなものはなおさらです。

　ローズマリーは、ほんの少しでも大変役に立ちます。刺激がとても強いもので、一見丈夫そうですが、冬の寒さには驚くほど弱いのです。パセリは、たくさんはつくれません。気むずかしくて、発育が遅いのです。それに庭に合わなければまったく成長しません。でも1度根づけば大丈夫。種は長い畝に細かく蒔きます。

バジルはトマトによく合います。すぐに広がって種になってしまったり、寒さや湿気を嫌い、植えかえると枯れてしまうこともあります。鉢に種を蒔き、日あたりのいいキッチンの出窓に置くといいでしょう。水は十分にやりますが、多すぎるのは絶対にいけません。定期的に花の先を摘みとります。葉を1枚とって指でこすったり、さわったりしてごらんなさい。かぐわしいじゃこうのような香りが漂ってきます。

　タラゴンは見かけより丈夫です。ほかの植物が厳しい寒さや霜に負けても、タラゴンは生きのびるのです。卵やチキンの料理とよく合います。でもフランス種のタラゴンかどうか、確かめておかなければなりません。低木で葉が小ぶりのロシア種は、にがくて食べられないからです。

　フェンネル(ういきょう)は魚料理に合いますし、ふわっとした葉ぶりもすてきです。

　チャーヴィル。あの"心を楽しませてくれる葉"。ずばぬけて美しくレースのように繊細で、得も言われぬまろやかな風味は、卵に合わせてもよく、マヨネーズや、夏のスープの中に入れるのもいいでしょう。

　タイムは踏んだときの感じがよく、ミツバチを惹きつけて華麗な花を咲かせます。ウサギや野鳥料理に合わせて食べられますし、のどの痛みにもよく効きます。

# 街にある庭

　街にある庭の楽しさ。どんな庭より都会的で、ほかのどこにもあてはまらない独自の規則と特徴をもっています。

　野外音楽堂の楽しさ。夏の日の昼下がり、まわりはデッキチェアで埋めつくされ、アイスクリーム屋とボンパッパという楽器の音とスーザのマーチ、そして『南太平洋』のメロディー。

　マガモのいる池。おもちゃのボートの間をゆうゆうと泳ぎ、パンをたらふく食べて、子どもたちのちょっかいからやすやすと身をかわすマガモたち。広い砂利道とヴィクトリア女王の像。田舎風の木造のあずまや。亡くなった名士

たちに献じられたベンチ。長いこと勤めている管理人。レフェリーの笛。さびしそうな老婦人たち。ほうきを手にごみや木の葉を入れる荷車を押す男。そして楽しげに揺れるブランコ。

　街の公園の門をくぐってみましょう。花の植えつけや配列や刈りこみが規則通りに、厳格にきちんと実行されている場所にたどり着きます。まるで、うやうやしく貼りだされている市の条例か何かのように、ここでは季節がカレンダーできっちりと決められています。この日にはパンジーが咲き、この日にはペチュニアが咲き、ニオイアラセイトウはいつも咲いているというように。この日にはゴールポストが立てられるとか外されるとか、全部決まっていますし、夏ならば草を刈る人がいて、あちこちで驚くほどまっすぐに草刈機を動かしています。

　家庭の庭では夢にも思わないようなことを、公園の園芸員たちはやってのけるのです。かみそりの刃で切り取ったように、菱形やインゲンマメの形や半月形の花壇をつくりあげ、そこには雑草の1本も生えていないし、高さもきっちりと揃っています。丈の高い植物は花壇のうしろのほうにしっかりとくいで支えられ、前のほうにはニワナズナや丸いボタン形の花をつけるヤグルマギク、マツバギクやこぢんまりしたマンジュギクのような低い植物が配置されています。

　ここでは、深紅色と朱色とか、しぶみのある黄色と太陽のようなオレンジ色などが、入念に芸術的に組み合わせられています。

　春には、ろうのようになめらかなチューリップが何千本と立ち並び、そよぐこともできないほどびっしり咲いています。6月の初めには、すっかり成長したダリアが、温室からひょっこりあらわれます。目の見えない人にも楽しめ

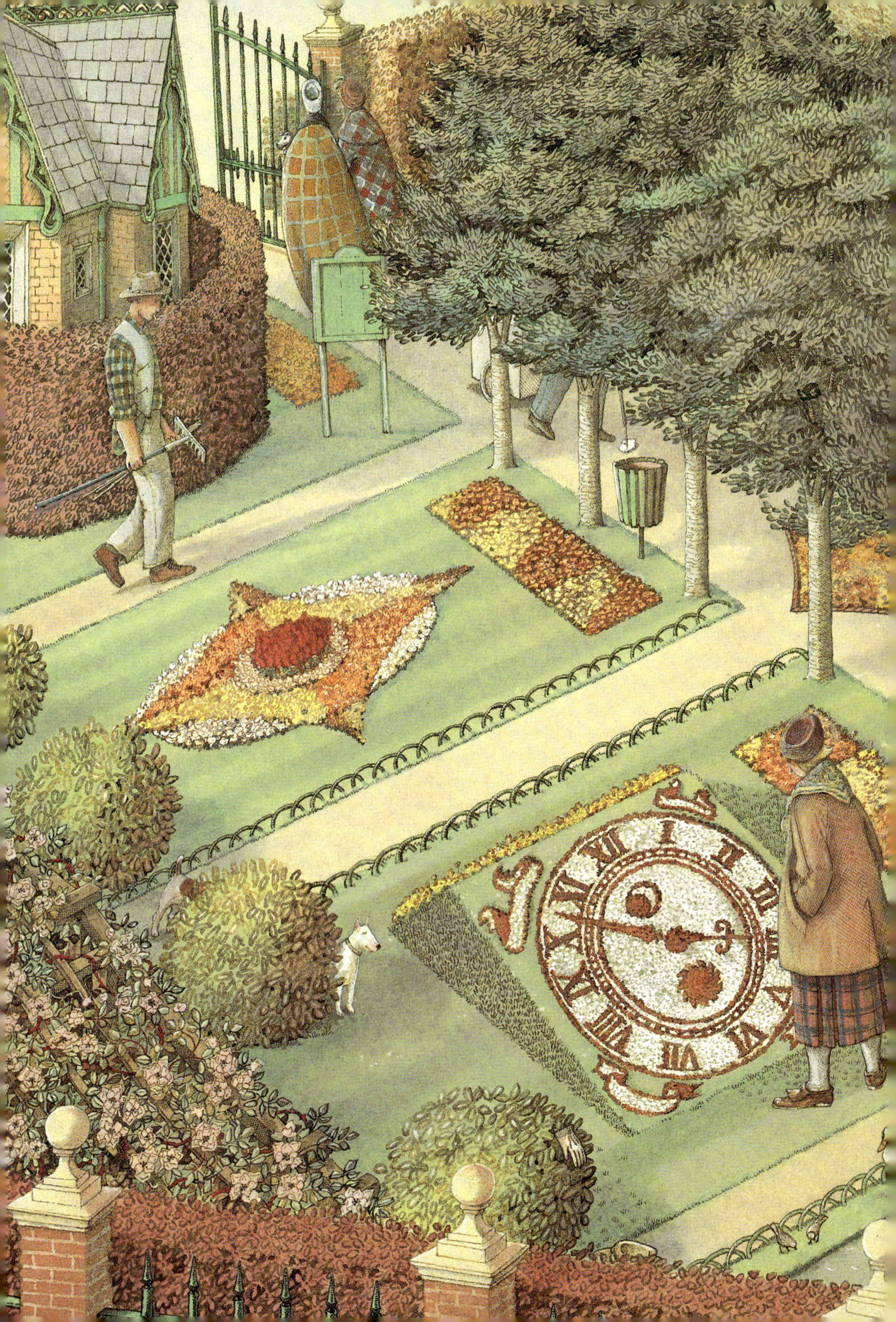

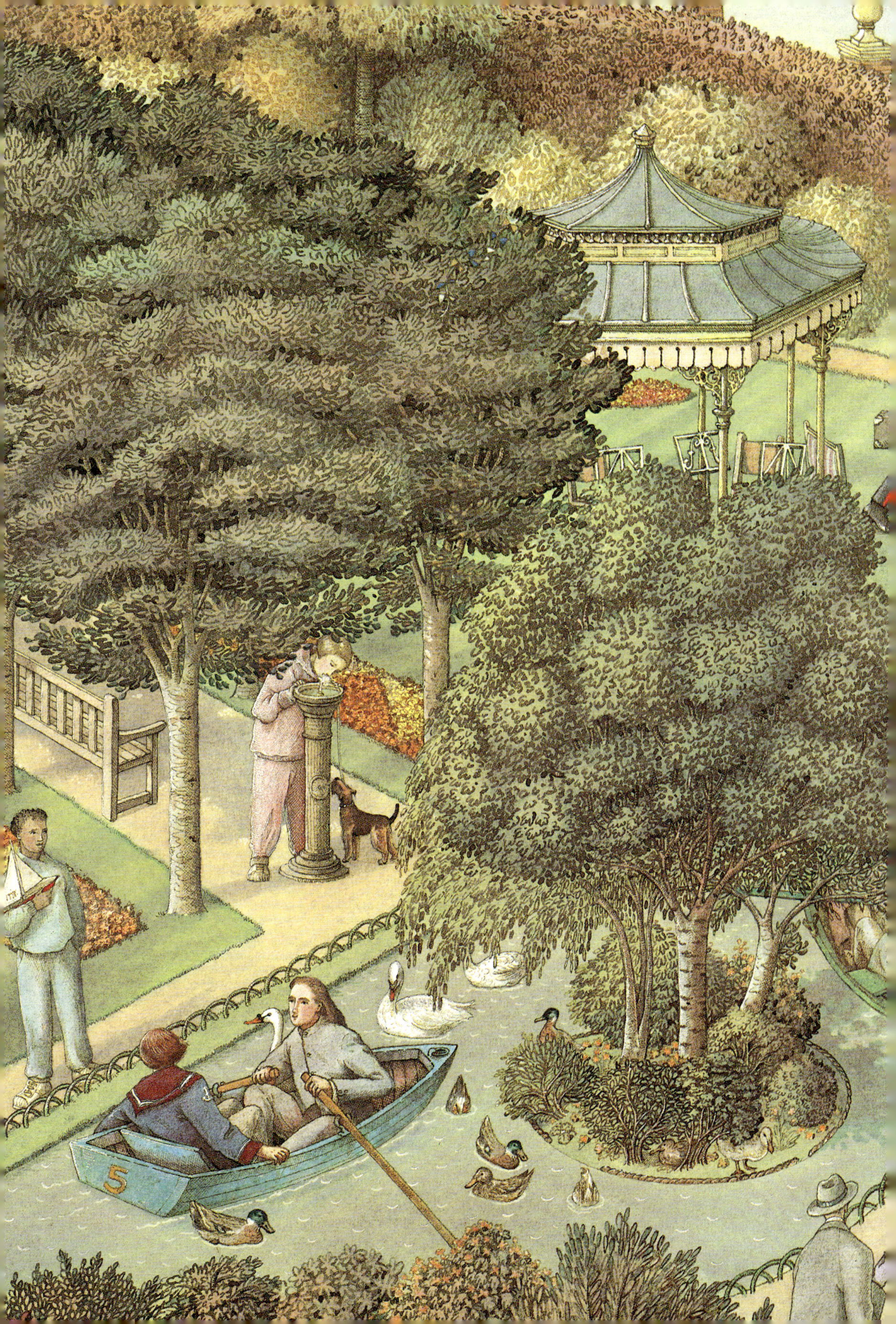
5

る香りのよいバラ園もあれば、凝った岩の庭もあります。紫のエリカが揺れ、花壇の間には、こんもりした低木の植込みや、シャクナゲ、ヒイラギナンテン、象のように大きくなったガマズミがあり、子どもたちがくぐったり、隠れたりする秘密の洞窟だってあるのです。

　花時計も楽しいもののひとつです。ブロンズ色と白の、まるでグラフ用紙の上で設計されたように、最後の30秒まで正確な花時計。しかも、どの花も成長して生きているのです。

　冬のこごえるように寒いお茶どき、茜色に染まった空を背に、公園の裸木の枝が黒々と見えるころ、花のない光景をうるおし、寒さをやわらげてくれるものにピンク色の花のガマズミがあります。

　こういう庭には、鋤（すき）や手押し車を手にした本職の庭師がいるものです。ブナの垣根の裏には小さな小屋があり、泥だらけの長靴をはいた働き者の男たちが、いつもどこかで鍬（くわ）の音をさせています。

　ここではすべてが整然として幾何学的で、ごたまぜやむだは追いやられ、一定の場所にきちんと植えられています。

　何もかも予測できて、安全です。

　街の公園は、特別に庭の好きな人、洗練された庭園愛好家たちの楽しみの場所なのです。

# バラの庭

　バラほど有名で、どこにでも見られるような花はありません。文学の中で、こんなにロマンティックに、愛や甘美な青春、そして美や死の象徴として扱われたものは、ほかにないでしょう。バラがなければ庭は完璧とはいえません。どんな花もバラほど心を楽しませてはくれないし、魅力的ではありません。多才で種類が豊富で、ときには平凡で親しみやすく、しかも気まぐれな花といったらバラだけです。
　でも、モダン・ローズばかりの派手な花壇は、庭の中でもひどく醜い光景になりかねません。娼婦の爪のような赤やけばけばしい黄色やピンクや不自然なまだらといった下品な色が、まぜ合わさってしまうからです。そういうバラ

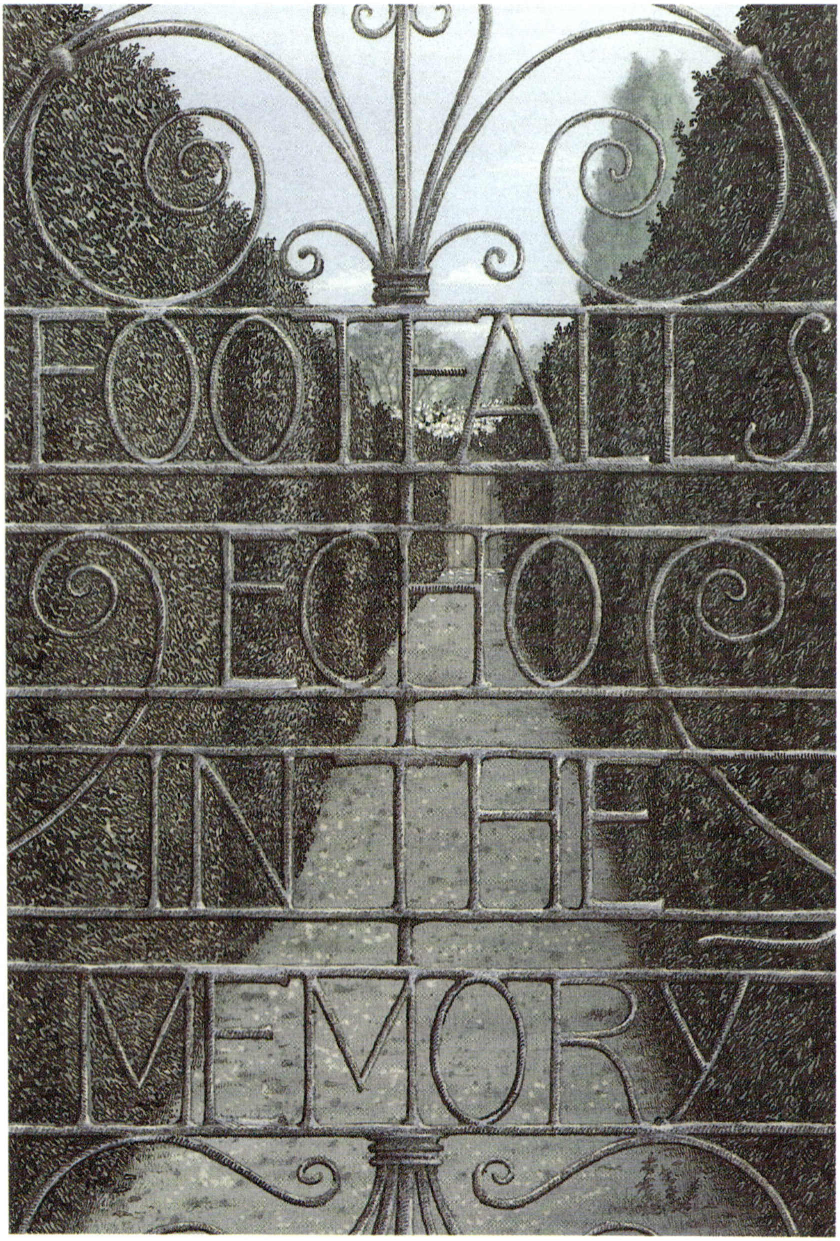
FOOTFALLS
ECHO
IN THE
MEMORY

の灌木は、ひょろひょろして不格好で、下のほうは幹があらわになっています。これはきちんとした形にするために、枝をいためつけ、たわめ、刈りこみ、無理につくってきたものなのです。

　バラは、放っておいて手入れをしなくてもどこにでも咲きますが、傷や病斑、しみ、かび、アブラムシなどにやられることもあります。土がよすぎても悪すぎても、雨が少なくても多すぎてもだめなのです。このうえなく美しい花を咲かせますが、意地の悪い棘があり、不格好な芽が根から出てきます。

　それでもバラは、花という花の中でいちばん魅惑的で、息をのむほどきれいです。クリームのような、あるいは銀色がかった白いバラ、貝がらみたいな淡くてうすいピンクのバラ、血のような、あるいは紫がかった赤いバラ、輝く太陽や月の光のような黄色いバラ。満開の花、まだつぼみの花。淡いグリーンやブロンズ色や暗緑色の葉。ずんぐりしたもの、きゃしゃなもの。華やかなもの、神秘的なもの。品のないもの、奥ゆかしいもの。本当にいろいろなバラがあります。

　バラは木や格子垣、あずまや、アーチ、ドアの上の飾り、壁、柱、フェンスなどにどんどんはびこっていきます。

　窓の下にいちばん香りのよいものを植えて、そのそばにすわってごらんなさい。壁に這わせて、寝室に沿って伸びるようにしておき、6月の夜、ベッドに横たわり、バラの香りにつつまれてぽうっとした気分で眠ってみるのもすてきです。

　バラを選ぶときには、昔からの品種と新しいもの、ありふれたものと手に入りにくい珍しいものなど、丹念にまぜるといいでしょう。大きな茂みになるものと低い塀をとりかこむようなもの、這いのぼっていくものや、きちんと花

壇に植えつけるもの、家のそばの鉢に植えるものなど、さまざまな種類があれば、6月初めごろからおだやかなクリスマスのころまで、ずっと花が楽しめるはずです。

　バラが自然に伸びていかないときには、細長い植込みで昔ながらの灌木にするのがいちばんいいでしょう。丈夫でよく育ち、長もちするうえ、あまり手がかかりませんし、とても豊かな香りを放ちます。中でもダマスク・ローズの香りはすばらしいものです。大きくて目の覚めるような花や、小さくて最高にみごとな花を咲かせます。

　バラを長くそこに根づかせるために大切なのは、苗床をていねいに準備することです。水はけのよい土地を選び、鍬（くわ）でふた掘り分の深さまで掘って下肥を入れ、その上からよく寝かせた古い堆肥をのせておくのです。よく育つように、空気と間隔、光、場所を与え、十分に離して植えます。そのあと必要なのは、枯枝を少し刈りこむことです。1度しっかりと定着したら、枯葉や敷わらで保護しておきましょう。

## バラの女性たち

デイム・プルーデンス
フランチェスカ
ペネロペ
レディ・クルゾン
アングレーム公爵夫人
皇妃ジョセフィーヌ
マダム・プランティエ
ルイーズ・オディエ
ブルボン王朝の女王
セシル・ブルンナー
エナ・ハークネス
マダム・キャリエール
スティーヴンズ夫人
アルバティーン
エイミー・ロブサート
レディ・シルヴィア
リリー・マルレーン
エリザベス女王

バースの女房
フェリシア
ジェニー・レン
レディ・ヒリンドン
ヴェルヌイユ公爵夫人
デンマーク女王
マダム・ハーディ
エメ・ヴィベール
ヴィクトリア女王
クレール・ジャキエ
キャスリーン・ハロップ
マダム・テストワ
サム・マグレディ夫人
エヴァンジェリン
メグ・メリリース
レディ・ベルパー
ヴァイオレット・カーソン
かれんなベス

"ドライローズの香りをかぐと、身も心も慰められる"
ロジャー・アシュカム

### バラ水のつくり方
　香りのいちばんいいバラから赤い花びらだけを集めて、小さなシチューなべいっぱいに入れます。水を加えて沸騰させ、ふたをして２、３分ぐつぐつ煮ます。自然にゆっくりとさまします。こしたあと、ガラスの容器やびんに入れます。

### バラのポプリのつくり方

　散ったばかりのバラの花びらを集めて、15センチぐらいの深さの壺に入れ、塩をうすくかぶせます。毎日か毎週、1種類か2種類の香りの強い花──たとえばナデシコ、フィラデルフス、スウィートゼラニウム──といっしょに、バラの花びらも足していきます。そのたびに塩を重ね、しっかりと容器の口を閉めます。壺がだいたいいっぱいになったところで、クローブを約7グラムと、乾燥したオレンジ・ピールを加えます。壺を開けて部屋いっぱいに香りを広げ、もう1度、しっかりと閉めておきます。

## 庭の10の楽しみ

白い花

高い生け垣をくり抜いた　アーチの道

木の幹をかこむ　円形のベンチ

石の水盤で水浴びしている　小鳥たち

ゼラニウムが飾ってある　木の手押し車

気ままに広がり　高く伸び　やがては種になるダイオウ草

９月の初め　並んで咲いている　ヒマワリの花

温室の中の　トマトの香り

石塀の割れ目にのぞく　針刺しみたいなスギゴケ

一面にひろがる　掘りおこしたての　霜の土

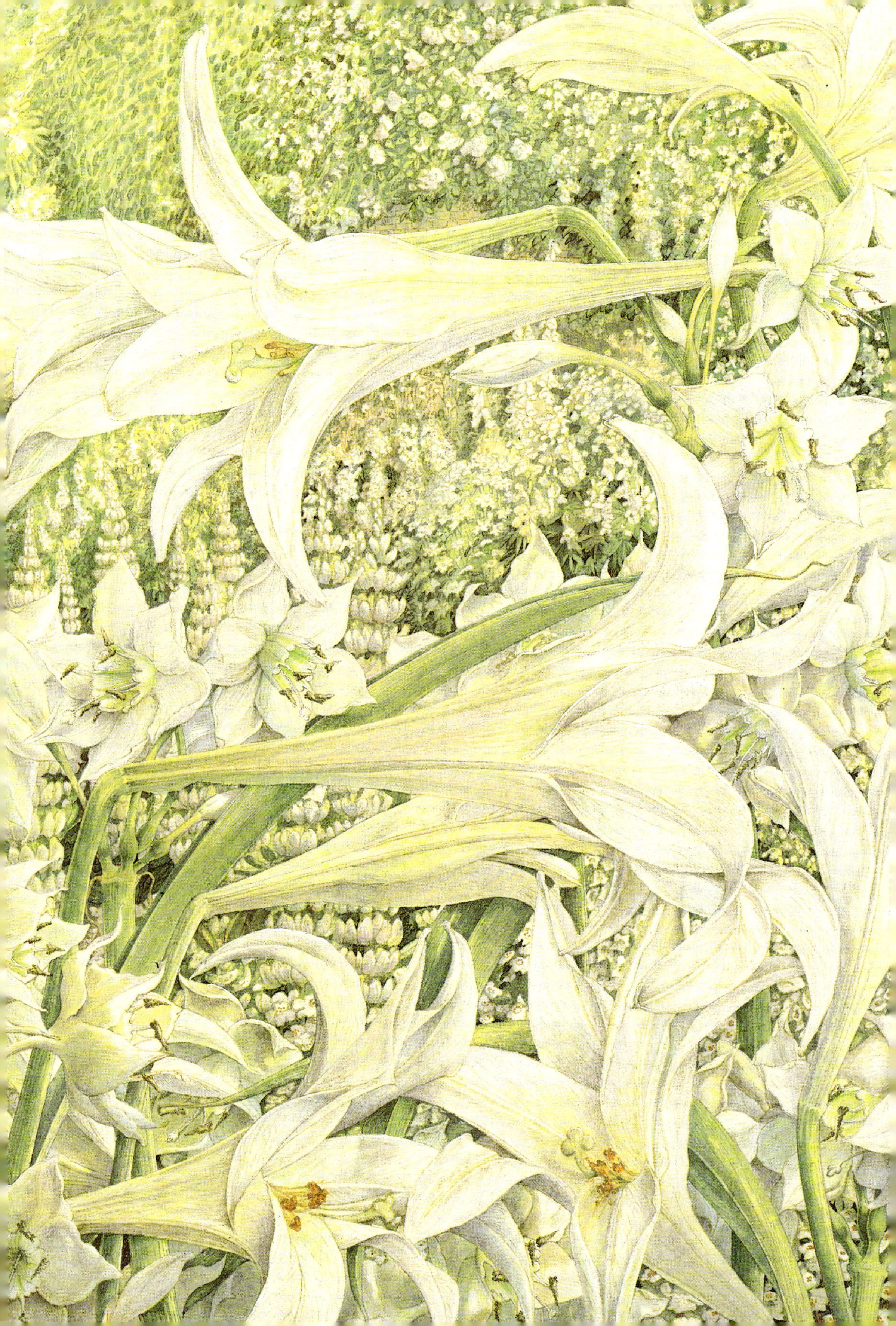

# 子どもたちの庭

"裏に古いツツジの庭がある。
この庭はきっと子どものためにつくられたのだろう"
ラドヤード・キップリング

　子どもにとって庭は不思議な場所です。小さい庭でちょうどいいのです。大きい庭はおそろしく大きく見えてしまうし、田舎の立派な屋敷などの、造園された緑地はまた別の世界です。

　隠れんぼをする場所がきっとあります。高い垣根のうしろや、小さな生け垣の下の地面にくっついたところ、大きく広がった茂みや灌木の下、それにそのまん中とか。フジや冬咲きのジャスミンの花がたれさがっている壁に、からだをぴったりと押しつけたり、木陰の休憩場所やあずまや

の中、洞窟、鉢置き場や納屋、乾燥室や温室の中に隠れたり、木のうしろや幹の中、果実の木の幹とかインゲンマメを支えている棒のまわり、サヤエンドウのフレーム、アカスグリの茂みのまわりにもぐりこんだり。どこだって、隠れんぼの場所になるのです。

　かけまわる場所もたくさんあります。枝やツルがからまって、草の生い茂った小道を下り、石やタイルが不ぞろいの模様に並んだ舗道や板石を敷いた道やへこんだレンガの小道をのぼり、芝生を横切って、砂利を敷いたテラス沿いにかけまわれる場所。よじのぼるのにぴったりの木やフェンスや壁もあるし、ころげまわれる草の堤や、ブランコをかける枝もあります。植木鉢を積みあげてみたり、手押し車を引いたり、土をこねまわして泥遊びだってできます。たき火のための木を組みたてたり、棒やくいを切って槍や剣やテントの支柱をつくったり、大声をたてるのも自由です。リンゴ、プラム、チェリー、甘いニンジン、サヤエンドウをくすねることもできるかもしれません。

　そして、子どもが庭でひとりきりになるのは、驚きと神秘の体験です。そこには時間と空間と静寂があり、カサカサ音をたてたり、チョコチョコ走る生き物をじっと見つめることができるからです。つまみあげることもできるし、近くで観察したり、あとをつけたり、さわってみたりすることのできる小さい生き物がたくさんいます。がんじょうな木の枝にすわって雲を見上げたり、地面に下りてあれこれ考えたり、観察したり。みんなすばらしい経験です。人から見られずにブランコに乗って、前後に静かに揺らしたり、戸外のにおいをかいでいろんなことを空想したり、ひそかに計画を立てたりするのも楽しいものです。

　でも、子どもたちが庭いじりをするかどうかは、また別問題です。その気がないなら、無理強いすることはありま

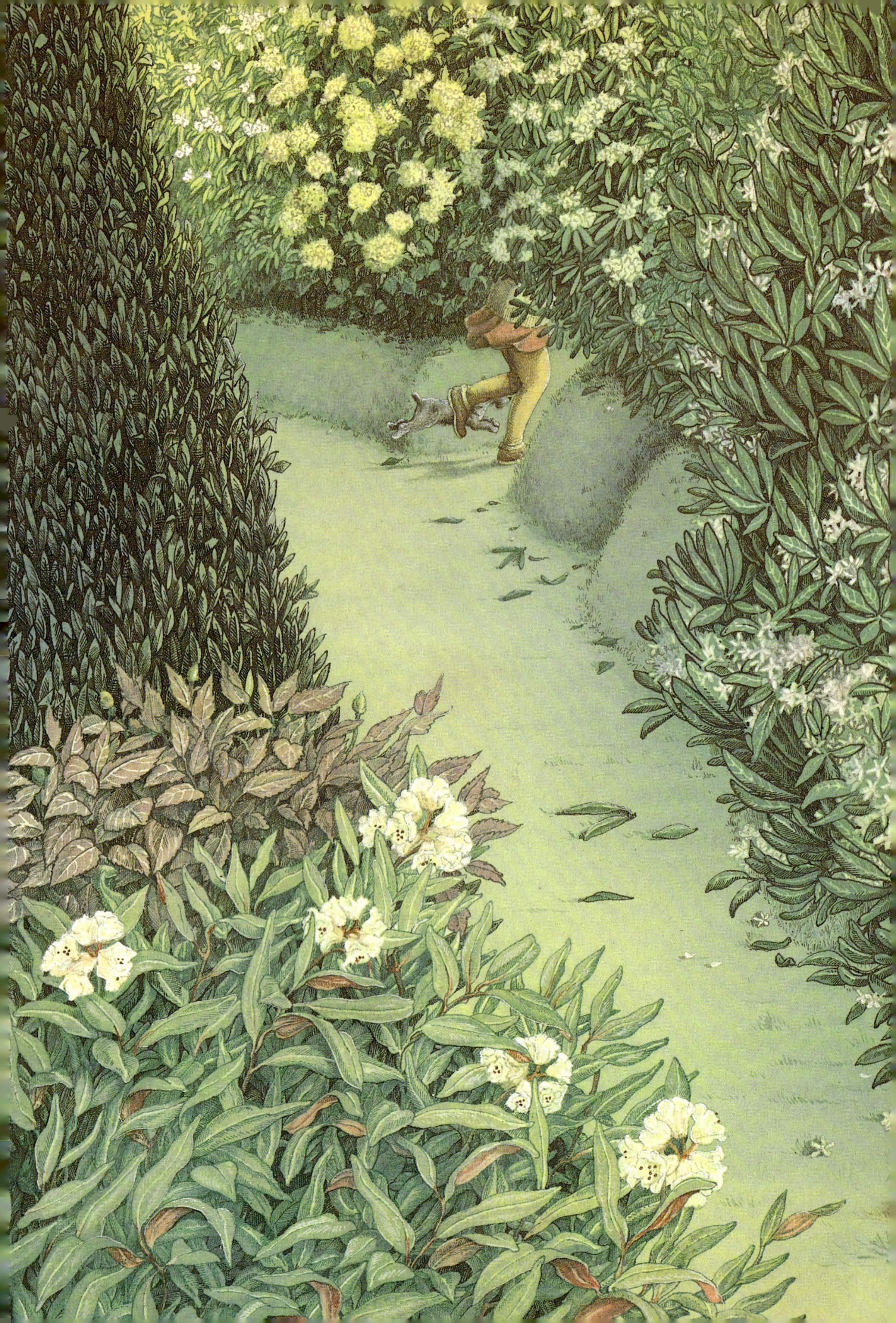

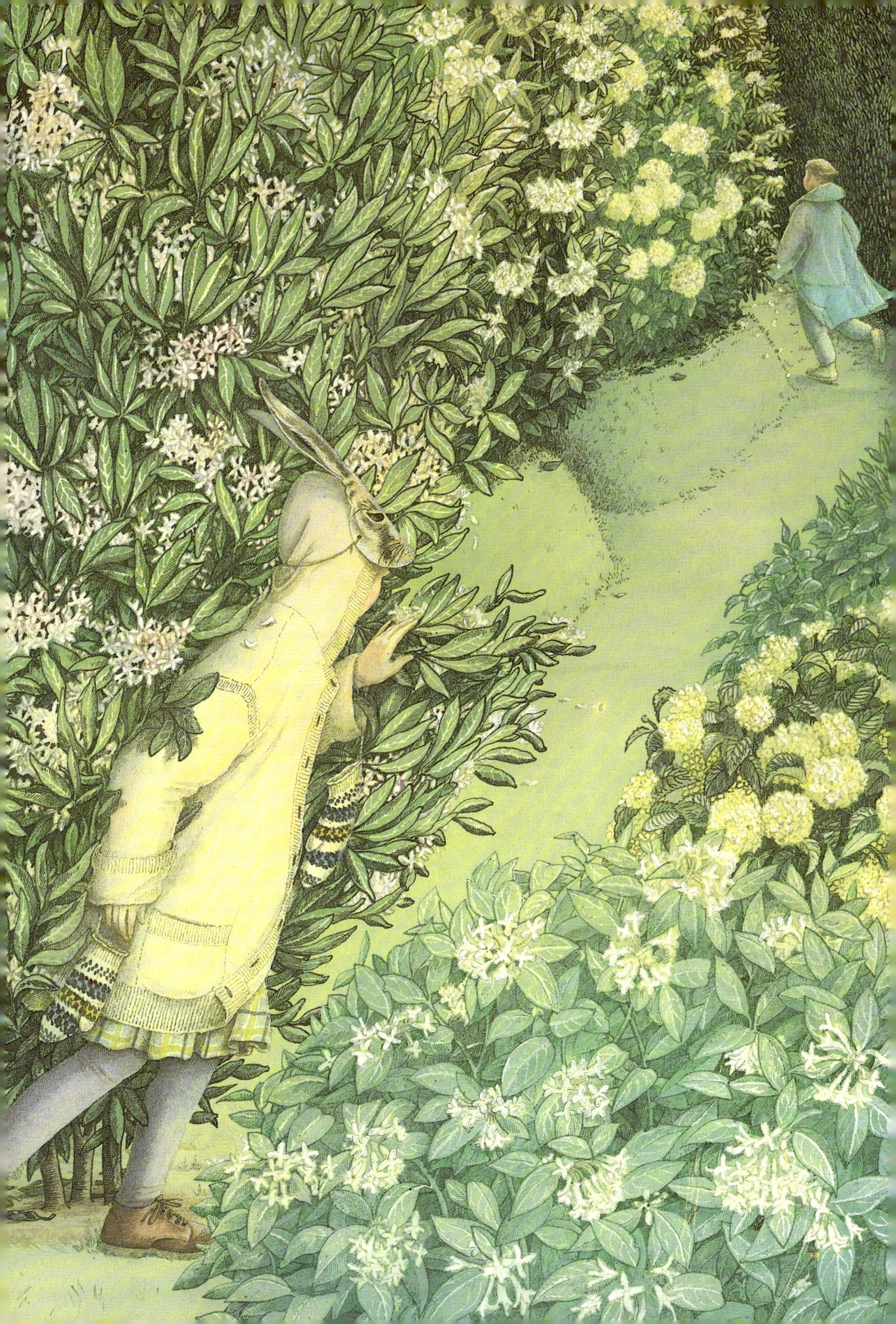

せん。大人にやらされたと思うでしょうし、いいかげんにすませてしまっては、何の効果もないし、楽しくもありません。一生続く庭仕事の苦労など、子どもに教えたいと思う人はいないでしょう。ただそれとなく教えることは、物事への疑問を抱かせるのにいいかもしれません。少しその気がありそうなら、いいチャンスです。

　子どもたちに庭いじりをさせると、仕事は半分もすすまないかもしれません。前もって大人が準備しておく必要があります。土を掘ったり草むしりをしたり、鍬（くわ）や熊手を使ったり、くいで支えたり刈りこんだり——こういう本格的な仕事はあまりやりたがらないし、たぶんできません。けれども、植えつけや種蒔きとか穴掘りぐらいなら子どもにもできます。泥だらけになったり、水をかけたり、ひざまである長靴をはいて土をドシンドシンと踏みかためたりするのも好きです。寒すぎる日やじめじめする日、暑すぎる日やからからに乾燥した日には、何もしたがらないでしょうけれど。

　庭じゅうでいちばんよい場所を選んであげましょう。日あたりがよく木陰があって、南か西向きで、良質の土のあるところです。深く根を張った木やツタにおおわれたフェンスの前の、ほったらかしの土地はだめです。子どもだからといって、雑草でおおわれた土地や石の多い区画を与えて、ばかにしてはいけません。そういう土地で悩まされたくないのは、子どもたちだって同じことです。腕のいい働

き者の大人が何も育てられないような土地を、子どもが扱えるはずはないのですから。

　よく掘り返され肥料もたっぷり与えられ、熊手で平らにならされた肥沃な土地が、きっとあるはずです。その時期になったらすぐに種が蒔けるような土地です。それなら芽が早く出て花が咲き、実もなって広がっていくでしょうから。

　子どもの庭は、やってきた人たちにすぐに見せられるように、近づきやすくて目立つところでなければなりません。そして、本物の庭といえるぐらい、ぴったりの大きさでなくてはいけません。小さすぎたり、やる気をなくすほど大きいものでもだめなのです。

　こぢんまりした場所でも、いろいろなことが十分できれ

ば、興味もでてくることでしょう。

"球根は、初心者に最高"

　早春に思いがけなくうれしい発見ができるように、宝物を埋めるような気持ちで、年の終わりに球根を埋めておいてごらんなさい。

　球根を買い求めることも園芸の楽しみのひとつです。たくさん入った箱から固くしまったものやしぼんだものやら奇妙な形の小さな塊茎を選びだしたり、カタログというアラジンの洞窟で輝いている絵の中から選ぶのです。お金もたいしてかかりません。ユキノハナは一重のも二重のも、気前よく買うべきです。バターのような色やあざやかなオレンジ色、深紫や雲のような白もあるクロッカスもすばらしい花です。それから星のように出てくる、ピンクや白や青いハナアネモネ、小さいのや丈の高いのや、いろいろそろったチューリップ、ごく淡いブルーのユキゲユリ、繊細で甘い香りのするアイリス、そして、どんよりとした3月の朝に、うっとりするように揺れているラッパズイセンやスイセンの花。

グラジオラスや丈の高いアイリスとかユリのように、夏に花を咲かせる球根もあります。どれも、子どもたちが自信をもって育てることができるものです。

　種をあちこち一面に蒔くと、楽しみはもっと大きくなります。"お子様向け"とかわいらしく飾られた高価な箱には、安心して背を向けていられます。よく選びぬかれた花の包みには、お金もあまりかからないのです。クロタネソウやサンジソウ、夜になると香りを放つストック、ヤグルマソウやキンセンカ、アメリカヅタなどは、種蒔きのあと水やりをよくすれば、芽がすぐに出てきます。

　子どもの庭には、早く成長するものと忍耐が必要なものの両方を植えるといいでしょう。4週間というほんの少しの間さえ、子どもたちは待っていられないものなのです。ですから即席の庭もけっして軽べつすることはありません。子どもたちも、自分の土地で根づいた元気な花を見ていれば、種から芽が出るまでの時間を楽しんでいられます。買ってきた花壇用の植物や、小さな花が咲く灌木は、何もない地面をみごとな庭に変えてくれるのです。

ほかにもこんなものはいかがでしょう。

　ベニバナインゲンやスウィートピーをよじのぼらせる、まるでアメリカインディアンのテント小屋みたいなサトウキビ。

　野菜。ラディッシュは、どんなものより早く大きくなります。引きぬいて洗い、プレゼント用に束ねます。だって子どもはラディッシュなんて食べないからです。

　広がるもの、這うもの、とほうもなく大きくなるもの。ズッキーニやマロウやパンプキンは、出窓に小さなピートの鉢をのせるだけで始められます。大きい種をひとつの鉢に植え、霜が終わる5月の末に植えかえます。すると夏の早朝の太陽の下で華やかに咲いて、立派な実をつけます。けれども子どもは食べたがらないので、眺めたり大きさを測ったり、もいで重さを量ったり、切りとってみたり、学校の先生にひとつあげたりするといいでしょう。

　ベニバナインゲンとサヤインゲン。これもやはり出窓で、ジャムの壺に入れた吸取紙の上で発芽したほんの1粒のマメから始められます。くいで支えずにはいられないほど強い性質ですから、元気よく育ちます。

　ジャガイモ。1月に買っておかなければいけません。そして窓際の浅い箱に植えかえます。2～3個をのぞくとみな緑の芽で、それを毎日こすり落とします。古き良き時代の田舎の庭師のやり方にしたがって、イースターの前の聖金曜日に地面に植えます。6月に鳥の卵ぐらいの大きさになったら引きぬくことができます。ジャガイモなら子ども

も喜んで食べます。

　子どもの手は小さくて不器用なので、折れやすい苗木の移植をしたり、細かい種を間隔をあけて蒔いたりすることはできません。丈夫な植物と大きな種と小さくてがんじょうな道具をあてがうべきです。草の種は、早く芽が出て青々とした芝生の土地になるように、ぎっしりとたくさん蒔きましょう。

　実がなるまで待つのは忍耐力の訓練にはなりますが、小ぶりのリンゴやナシの木なら簡単にできます。

　水やりは規則正しくひんぱんにしなければならないということを、子どもにもすぐに学ばせなければいけません。特にホースの使い方は大切です。

　とてもかわいがっているペットがいる場合は、菜園にしっかり囲いをしなければなりません。あとで腹を立てたり、悲嘆にくれたりすることになるからです。小さくてちょこまか動きまわる動物は作物を食べてしまうし、犬や猫は蒔いた種を掘り返したり踏みつぶしたりしてしまいます。

　鳥やネズミ、ナメクジやウサギやリスの行動を目のあたりにしたら、菜園づくりをする子どもたちは、庭を愛する気持ちと野生動物への愛情の板ばさみを、早くから経験することになります。

　でも、庭づくりから１度でも楽しみや興奮や満足、慰めを味わった子どもは、その思い出がけっして薄れることはありません。子どものときに庭づくりに親しんだ人は、生涯にわたって園芸を楽しむ人になるのです。

# 自然のままの庭

　いちばんいい庭は、いろいろなものがまざり合っている庭です。あまりゆきとどいていなくても、かえって風情があるように見えたりします。実際は、きめ細かに設計されているのですが、草木は大家族の子どもたちのように、ぎっしりおい茂っている庭。そこで生まれた子もいれば、よそから来た子もいます。背の低い子、高い子、年がいっているもの。赤毛や金髪もいるし、目が青い子や黒い子もいます。ころげまわって互いの腕の中に倒れこんだり、離ればなれになるまでいつもけんかをしている子もいます。植物も、人間の子どもたちと同じです。

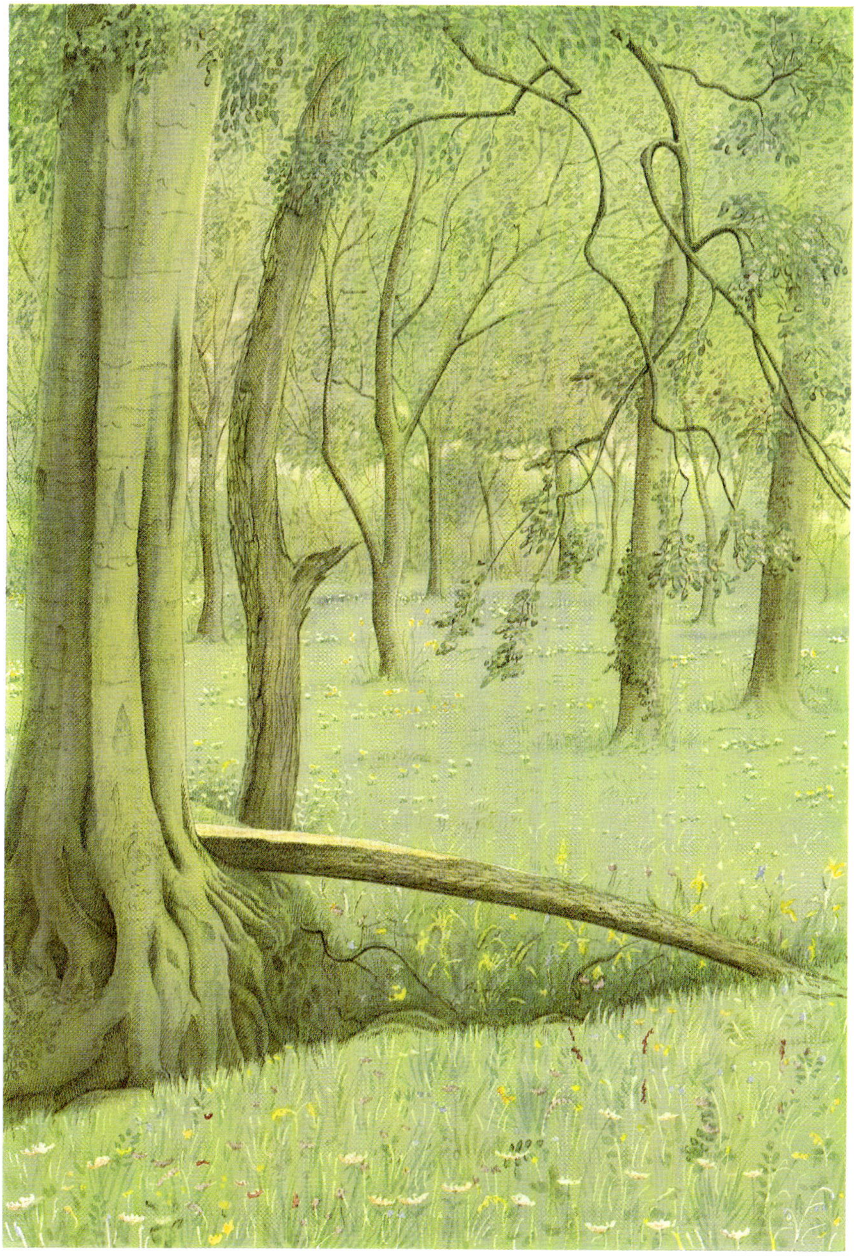

庭でいろいろなことを試してみるのも、悪くありません。さし木をしたり、カタログで注文してみたり、種の入った古い包みを見つけたり、ただ並べて植えてみて、どうなるか見守ったりしてはどうでしょう。申し分ない絵のように色や形や高さを全部そろえたりしているよりも楽しいものです。いずれにせよ、実際には完全になんてならないのですから。高く茂らないままのもあれば、伸びすぎるのもあり、密集しているというよりぼさぼさにおい茂るのやら、うすい青にならずにまっ青になってしまったりするのやら。想像力を働かせることが必要です。ほかの園芸家の成功例をよく観察したり、ていねいに教えてもらうのもいいでしょう。けれどもさまざまな実験や経験や自然の偶然の働きによって、最高の庭にもなるし、思いもかけなかった楽しみを与えてくれたりもするのです。ほかの人の力を借りずに、独力ですばらしい庭をつくってみましょう。
　どんなにわずかでも、自然のままの土地を残しておくことも大切です。たとえ遠くても、耕すには固すぎる土地でも、沼地や酸性土壌の場所でもいいのです。ただそういう所には、イラクサがかならず生えます。ハナダイコンやセンノウ、ギシギシやアザミも生えるし、アカザやハコベ、種をまき散らすノゲシやアキノキリンソウも生えてきます。ちょうど爆撃を受けたロンドンのように。
　その土地がフェンスや壁に面していれば、ブリオニアやセンニンソウやノバラがすぐに這いのぼってきます。ただし、あらゆる種類のアイヴィや、美しいけれど強い毒性を持つオダマキには、手厳しい扱いが必要です。
　このように適度に手を入れた自然のままの土地は、蝶や鳥やいろいろな種類の昆虫たちの安全な休み場となり、死んだ場所でなく生きている庭になるのです。

"彼女は以前、その庭を訪れたことはありますが、リンゴの花が咲き、ニオイアラセイトウが香る5月には、1度も行ったことがないのです"

"キズイセン、サクラソウ、ワスレナグサ……いろいろな春の花が咲きみだれている斜面の間に、せまい小道があります。小道は庭の別の場所へ続いています。曲がりくねった道を行くと、庭の途中にシイの木の木陰があり、そこは野外トイレになっています。別の道は菜園や蜜蜂の巣箱の前の雑草地に通じています。その間はシダやケーパー、アマドコロのおい茂った森で、中はうっそうとして、長い雑草はいつも湿っています。熱心な庭師から見たらただの荒れ地にすぎないのでしょうが、そのひんやりした森の木陰は、とても快適なのです"

"家の近くに花だけの一画がありました。花壇にしているというより、不規則な区画いっぱいに植えられていました。雑草といってもいいほどたくさんの花が咲き、好き放題に咲きみだれ、ひしめきあってひとつの群れとなっていました。それは不完全でありながら、かえって申し分なかったのです"

フローラ・トンプソン

"庭の斜面にある細長い花壇は、母の記念の仕事です。母は誰に何と言われようと、計画など立てずにそこをつくりました。整地したりきれいにしたりしませんでした。ただそこにあるものを、何でも大切にしただけです。晴れた日の太陽のように、母はそこで育つどの植物に対しても公平に愛情をそそぎました。無理なことはせず、接ぎ木もしませんでした。きちんと並べて育てようともしないで、自然に種ができる植物を歓迎して、それぞれの発育にまかせていました。雑草のこともあまり気にしませんでした。その結果、わたしたちの庭はジャングルのようにしげって、少しもむだがありません。モクセイが大きく育ち、キバナフジがたれさがり、白バラがリンゴの木をすっかりおおい、赤い花の咲くアカスグリは小道に沿って一面に広がっています。蜂を驚かせ、飛んでいる鳥たちを当惑させるような混沌ぶりです。ジャガイモとキャベツは、ジギタリスやパンジーやナデシコの間に、思いつくままに植えこんであります。ときには、1種類の花が庭じゅうを占領してしまうこともあります。今年はワスレナグサ、翌年はタチアオイ、その次は一面のポピーというふうに。何でもみんな、あるがままの庭なのです"

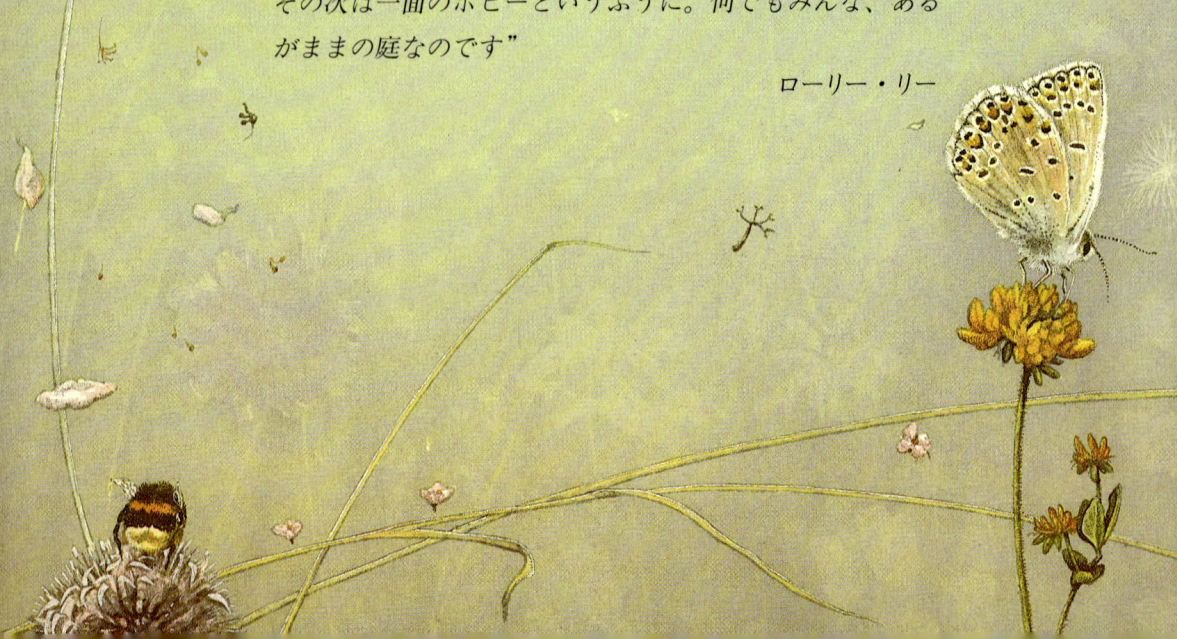

ローリー・リー

## 蝶々の好きな植物

| | |
|---|---|
| ニワナズナ | ムラサキナズナ |
| ミヤコグサ | リンボク |
| フジウツギ | ウシノシタグサ |
| イヌハッカ | キャンディタフト |
| ヤグルマソウ | フキタンポポ |
| ノバラ | オダマキ |
| ショウブ | ハナダイコン |
| アキノキリンソウ | ワスレナグサ |
| ヘリオトロープ | サンザシ |
| ゴウダソウ | スイカズラ |
| アイスプラント | ヤナギハッカ |
| ラベンダー | ジャスミン |
| ライラック | ハナタネツケバナ |
| ルピナス | マヨラナ |
| モクセイソウ | メリッサ |
| ナデシコ | ペチュニア |
| エゾミソハギ | ポリアンサス |
| ハマカンザシ | センノウ |
| イラクサ | マツムシソウ |
| ニオイスミレ | タイム |
| クマツヅラ | トリカブト |

# 夜の庭

"わたしの喜びとおまえの喜びは
2人の白い天使のように
夜の庭をさまようこと"
ロバート・ブリッジズ

夜もふけました。真夜中を過ぎています。家の中にはまだあかりがこうこうとついていて、話し声や笑い声、階段を上り下りする足音がします。子どもたちは落ち着かず、叫んだりどたどた歩きまわったりしています。日のきらめく７月になったからです。窓を開け放っていても、暑さはまだ家の中に残り、空気はむっとしています。ふとんやシーツはめくれたまま、まだ誰も眠ることができません。１週間も太陽が照りつけ、地面も空気もからから、埃でのどがつまりそう。もちろん夏は、誰もかれも日の光を浴びて若々しくなり、ずっと自由で幸福になったように感じる、すてきな季節です。でも昼下がりには、暑さにあえぐ動物たちが壁や茂みの影のほうにはい上っている、そんな夏は誰にもやはりしんどくて、そこにいるだけで疲れてしまうものです。

　眠れない夜は、家やあかりや熱気から離れ、ひとりで外へ出てみましょう。ドアを閉めて、ほんの少し待ってごらんなさい。深呼吸をして、自分を取り戻すのです。

　さあ、夜の散歩です。音をたてないようにそっと小道を下り、庭の小さな門を通りぬけて、庭にやって来ました。ここは別天地です。やっと涼しくなりました。日中は日陰のある場所はめったにありません。木の下だろうと高い生け垣のうしろだろうと、太陽はどんな暗い片隅でも見つけだして、行く手を照りつけ乾燥させてしまいます。

　ようやく太陽が沈んで暗くなりました。でも暗すぎるほどではありません。気持ちのいい、まるい月が出ているからです。月の光で花は白く輝き、バラやノッポのヒエンソウ、フロックスやルピナスもまるで青白い幽霊の持つ杖のようです。バルコニーでは、つまずいてしまうほどたれさがったフジが、銀色に光っています。

　小道をそれていくなら、靴を脱いで持っていきましょう。

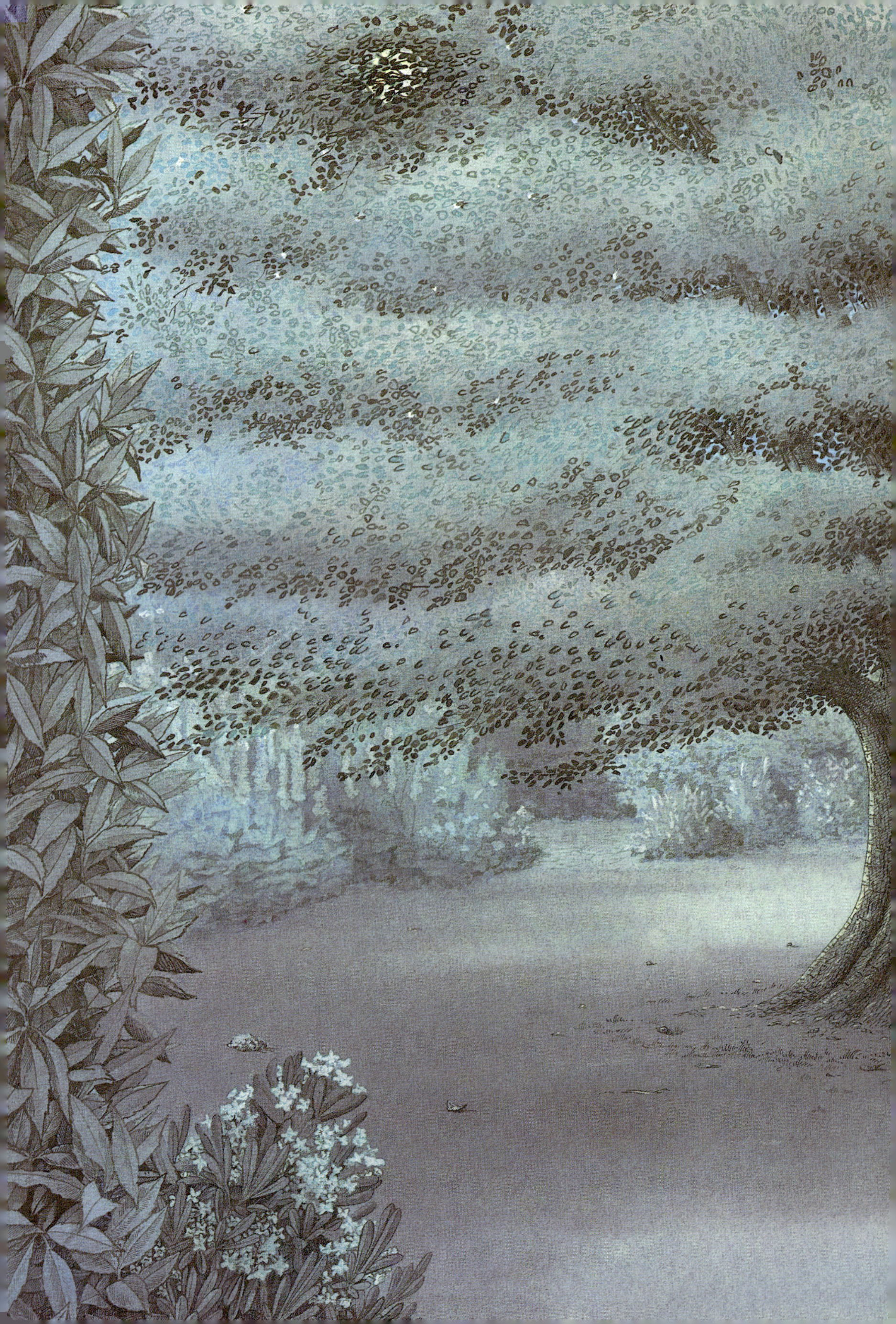

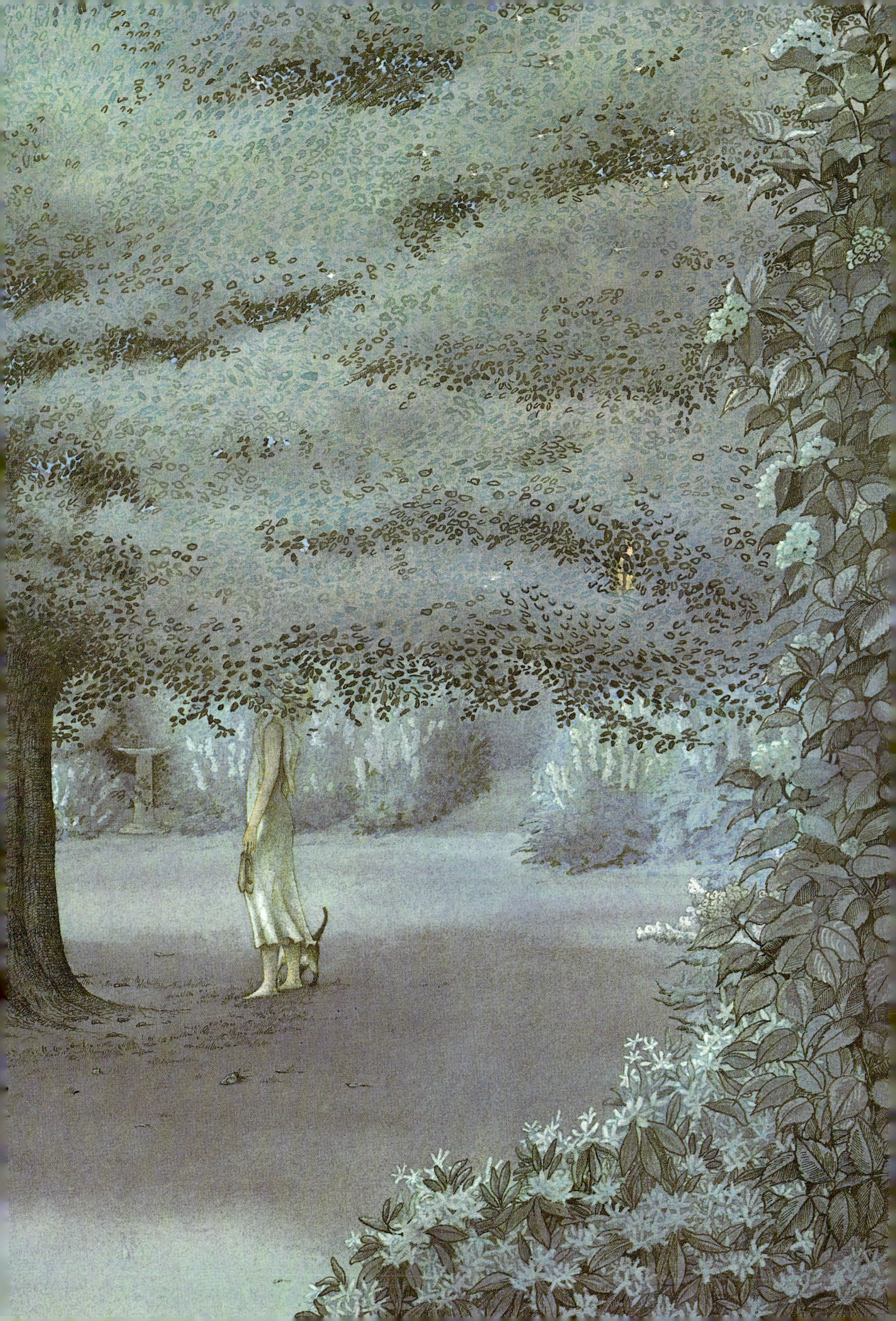

草がひんやりとして、おりたばかりの夜露で湿っています。もう少し歩いて、芝生を縁どっているタイムに軽くふれてごらんなさい。そこでストップ。身をかがめてさわり、香りもかいでみましょう。鼻につんときて、かすかに煙のようなにおいがします。それからレモン以上にレモンのような香りに変わり、次の瞬間にはシナモンに似た香りに包まれます。

　夏の夜の庭はいつも、植物の香りがすばらしいのです。でも誰もそんなことは知りません。だってそんなに遅く庭

へ出てみるようなものずきな人がいるでしょうか。甘い香りのタバコの木、夜の香りのストック、小さなフリルのついたナデシコ、たくさんのハーブ、そしてフェンスの上のほうにはスイカズラの大きな花づな。息もつけないほどです。日中は暑さがどれもみんな消してしまうのに、夜の庭では、香りで目がまわりそうです。先のとがったラベンダーの茂みから小枝をとって、指でつぶしてごらんなさい。ほてった首にラベンダー・オイルをこすりつけると、朝までその甘い香りが残って、快い気分でいられます。

茂みの間やイボタの木の生け垣に沿って、もう少し歩いていってみましょう。夜気にかすかに動くものがあります。芝生のまん中に立つブナの大木の葉が風にそよいで、その影がゆらめいているのです。ブナの木の下で仰向けに横たわって、空を見上げてごらんなさい。密集した黒い葉のほかは何も見えません。ただ葉がそっと揺れるたびに、星のまたたきがチカチカと目に入り、月の光が斜めにさしこんでくるだけです。そして、ふたたび静寂。闇と無。

　生け垣の下には、ちっちゃな生き物がいて、急いで逃げていきます。また沈黙。

　もう少しここにいると、猫がやってきます。音もたてずに草を横切り、すべるようにくねくねとまわりを歩いていきます。そして姿を消す前に、悪魔のような光る目でちっちゃな生き物をつかまえようとするのです。

　今日、草を刈ったところです。納屋の裏にまわって、刈ったばかりのやわらかい草の山のにおいをかいでみましょう。新鮮で湿った、かすかに土くさいような香りがします。ほかにはない独特な香りです。

　夜の庭は別世界です。不思議で親しみやすく、ちっともこわくなんかありません。静寂、甘美、休息——そんなものがあるのです。

　目を閉じて、もう1度深呼吸をして、花や土や葉や草のまじり合ったにおいを、いっしょに吸いこんでみましょう。それが夜の香りです。

　耳を澄ましても何も聞こえません。耳の中に沈黙が海のように押しよせてきます。

　庭がどんなに小さくても貧弱でも、どこにあっても、たとえ大都会の中でも、何かしらそこで育っているものがあるなら、夜はそこを不思議な場所に変えてくれます。

　庭を離れて、家からもれてくるあかりのほうへ、そっと

戻って行きましょう。魔法にかかった不思議な世界もいっしょに連れて。
　さあ、おやすみなさい。

"真夜中――スイカズラに飾られた格子窓を通りぬけて
さまざまな香りが息づいている。
人が眠るときに目をさます草花から。
1日じゅう香りを放つ、おずおずしたジャスミンの芽から。
日の光が薄らぐとき
そのかぐわしい秘密は
さすらうそよ風が明かしてくれる"

　　　　　　　　　　　　　　　　トマス・ムア

# 冬の庭

　今は1月のさなか。1年の中でも、カーテンを閉ざして庭には背を向けてしまいたくなるような季節です。地面は鉄のように固く、花壇はからっぽで、木々は葉を落として裸です。

　真冬の園芸について読むと、この時期だけが安心して休暇がとれるときだと書いてあります。さもなければ、あたたかい温室の中で作業をしたり、ひじかけ椅子に腰かけて庭の設計をしたり、見取り図や庭づくりのプランを練ったり、カタログを見てあれこれ注文したりするようにすすめています。

　もっと楽観的な本もあります。自然についての知識などまったく無視した本で、11月から3月まで、いっぱい花を咲かせるような植物の楽しさをうたいあげた本です。そして、何とかよくしていこうとするまじめな気持ちさえあれば、冬の庭にも花や美しさがないわけではないと言うのです。

そんな本を読んでから何も生えていない自分の土地を眺めると、いっそう元気がなくなり、ものうげになるし、がっかりしてきます。自分のせいだと考えてしまうからです。けれども、楽天的な著者の書いた本の行間をよく読んでごらんなさい。著者と自分との大きなちがいを発見するでしょう。そういう本の著者たちの庭はかならず南西に面した、コーンウォールやシリー諸島（いずれもイングランド南西部の温暖な地域）にあるのです。それは高い壁と長い常緑樹の防風林で守られているところです。刺すような風にさらされることもなく、凍りつくような寒さで暗い気持ちになることもないのです。園芸家自身も豊かでお金持ですから、外国の植物を１ダースも買えるし、そのうちの11本を悪天候でだめにしたって、平気なのです。早い時期にたっぷり時間をかけておおいをしたり、精巧なケースや箱だとか、わらや茶色の包装紙やガラスやらポリエチレンやらで保護することもできるのです。あるいは、もしかしたらその人たちはふつう以上に幸運なのか、魔法の力を持っているのでしょう。でも、わたしの冬の庭はそういう庭とはちがいますし、たいていの人の庭もちがうのです。

　それでも、花や緑の葉ひとつ見あたらなくても、新鮮な目で見ようとすれば、冬の庭だって美しいところになるのです。

　その状態で１年のおよそ半分を生きていかなければならないということを考えたら、そうした努力もむだであるはずがないとわかるでしょう。花が咲き一面に広がり実がなりそして散って、１日で、１週間で、せいぜい１か月で、草はしぼみ花は色あせ、やがてまた冬になります。だからこそ、１月のある日に、外へ出て庭をぐるっと見まわしてごらんなさい。庭の形や骨組み、線、輪郭、土が盛りあがったりくぼんだりしている様子、庭全体のデザインを見る

ことができます。輪郭が葉でぼやけたり、かすんだりすることはありません。夏の庭は油絵で、冬の庭は彫刻です。どこかにかたい線や醜い線があったり角度が鈍かったりすれば、全部わかります。そうしたらその線をやわらかくしたり、完成する方法を見つけることができるのです。もしフェンスや壁や門とか離れに、見栄えのしない部分があったら、形を変えたり見えないようにしたり、全部取りのぞいてしまうこともできます。

　霜のせいで、木や低木のきゃしゃな骨格がかえって目立って見えます。葉が茂っていたときには、ほかのたくさんある木の中で目にとまらなかった平凡な木が、冬にむきだしになってみると優雅な品のよさをあらわすこともあるのです。

　太陽の輝く、きらめくばかりの青い空を背景にした冬の日の庭が、わたしはいちばん好きです。一面にびっしり霜がおりて、足の下では草がザクザク音をたて、小枝はどれも凍りつき、庭一帯がまるで結婚式のケーキのような、そんな日の庭が好きです。

　もちろん冬に咲く花もあるのです。最悪の天候でも、かえっていっそう楽しめる花です。独特の美しさを見せて、寒さにひるまずに、くっきりと際立って咲いています。冬の花は多くはありませんし、見つけるのもむずかしいので、まるで草の中に落とした珍しい宝石のように見えます。まずユキノハナ。冬のトリカブトは、壁や木の下などあちこちに植えておきましょう。これらの花は、たくさん植えるだけの価値があります。それから、いつ見てもすてきな、冬に咲くジャスミン。その大きな茂みがわたしの家の近くにありますが、枝があっちこっちにはねるように伸びていて、星の形の花で編んだ、ふわっとした金髪の少女の髪のようです。

ごく小さなパウダーパフのようなくすんだピンクのガマズミは、初冬の裸の枝に花をつけ、何ともいえない甘いにおいがします。マンサクや薬用植物もいい香りがしますし、ちょうどよい高さに育って、冷えた心をあたためてくれるような金色の花を咲かせます。3月の季節の変わり目のころ、まだ冬が残っていて庭が生きかえる前に、モクレンの小さな灌木が星のような純白の花をつけて、とても楽しい気分にさせてくれます。

　どれもまったくふつうの木ですが、ほかにもこういう植物はいろいろあります。けれども、庭そのもののふさわしい姿に逆らってまで、どうしても冬に花を咲かせようとは思いません。毎月、次から次へと無理にあれこれしたり、神経質に何かを守ったり、ほかの品種をさがし求めてわけのわからない植物の手引書を読みあさったり、冬なんかないふりをしたいとは思いません。冬の花には稀少価値があり、何もない四旬節（レント）の日曜日だけに許される、たったひとつの甘い砂糖菓子のようなものだからです。

　春になると、鳥が庭の新緑の奥に巣をつくります。夏は1日中飛びまわり、夜おそくまで飛びつづけます。鳥などはありふれたものですが、もし手なずけたいなら、冬にココナッツかナッツをつるし、水を飲んだり水浴びしたりできるように、池やかいばおけの氷を割っておきます。鳥たちはうれしそうに近づいてきて、窓の張り出しのあたりをうろつき、テラスや壁、芝生でとびはねるでしょう。鳥も空腹で大胆になるのです。ズアオアトリのちょこまかした歩きぶりを見るのも楽しいものです。コマドリと仲良しの、神経質でかたときもじっとしていない鳥です。どちらもイギリスにふつうにいる、丈夫でたのもしい鳥です。冬の荒涼とした日には、ノハラツグミやツグミのような、大胆に家の中に入りこむ珍しい鳥もやってくるかもしれません。

"冬の田舎がわたしは好きです。何も期待していないから、何でもうれしくて驚くものばかりです。いちばん初めのトリカブト！ こんな楽しみを夏の花は与えてくれるでしょうか。ラッパズイセンやキズイセンの青緑の葉が、凍った茶色の土からしっかりとたくましく出てきます。これほど力強さや喜びを与えてくれる季節は、ほかにはありません"
C・W・アール夫人

"葉が落ちて植込みがむきだしになると、常緑樹たちに感謝と称賛の気持で目を向けます。ときわ木はどれも今がいちばんいいときで、深い色をした葉をつけてなおさらすばらしく見えます。モチの木、イチイ、月桂樹、ツゲは落ち着いた輝きに包まれ、見ていて気持がいいばかりか、心も楽しませてくれます。木の幹と枝の灰色、うす茶や銀ねず、そして初冬の日中にたびたびかかるもやは、常緑樹の深く濃い色の背景によく似合います"
ガートルード・ジキル

## 秋と冬の庭の楽しみ

裸の枝に　あぶなっかしくついている
最後の　赤いりんごを　見つけること
常緑樹に映える暗赤色の　あたり一面の野いちごやすぐり
果樹園の大枝にからまる　ヤドリギの花づな
たそがれどきのたき火
壁の脇にきちんと積まれた　伐りたての丸太
明けがたの　霜のにおい
ジャガイモを掘って　袋に詰めること
ひも状に編んだタマネギがつるしてある　納屋
果実の灌木に　レースのようにかかっている　クモの巣
まきたての　馬糞のにおい
雪のあと初めて見る　ユキノハナ
ガマズミの花
草むしりのないくらし

# 庭づくりをする人たち

　人間の行動のなかで、子どもを産むことは別として、庭づくりがいちばん楽天的で、希望にあふれたものです。庭づくりをする人は計画的で、少し先のことでもずっと先のことでも、将来を信じ確信している人なのです。インゲン、エンドウマメ、リンゴ、プラム、バラ、ボタン――いろいろな植物の種を蒔いたり、植えつけたり、接ぎ木をしたり、ふやしたりするのは、将来に対して積極的な賭けをするということです。これからまだ何週間も、何か月も、何年もあるのだと宣言するようなものです。50年や100年以上もかかる苗木を植える人にいたっては、楽天的なばかりか、次の世代にとっての恩人でもあります。
　いつも戦争のことを考え、それを予想してこわがっている人、人類と地球の終末を思う人、魂がしぼみ、時代の困難や脅威に打ちひしがれている人、希望も慰めもないと思い、新しい夜明けのかすかな光も見ようとしない人。そんな人には、庭づくりをおすすめします。庭づくりをすると、勇敢で大胆に、やさしくて冷酷に、きちょうめんででたらめに、おだやかで忍耐強くなることを、順ぐりに覚えていきます。何よりも今日という日を満喫し、明日に希望を持つことを覚えるのです。

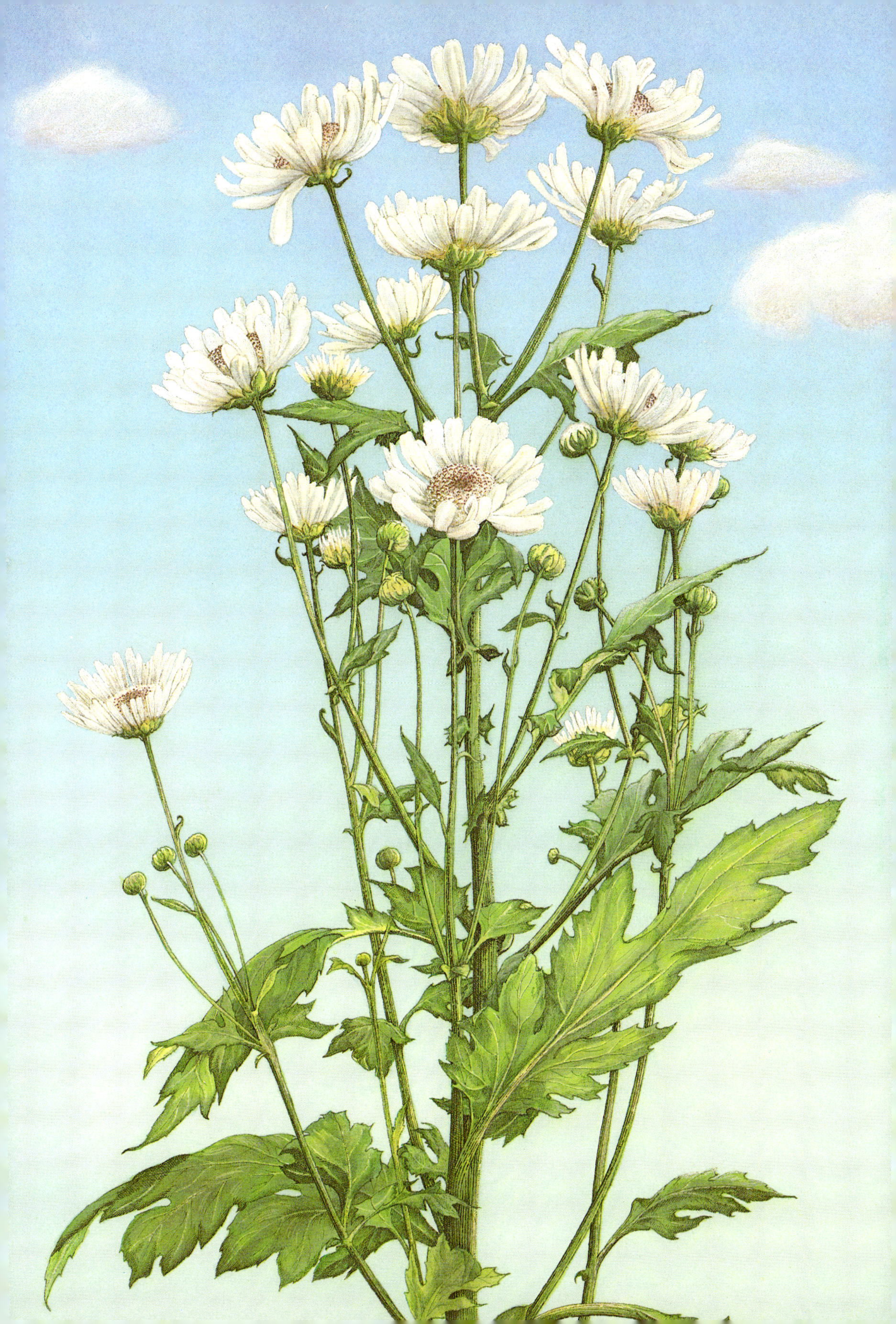

# 風景の庭

　自分の庭ですわりこんでいたり歩きまわったりしているだけでは、最高のインスピレーションは浮かんできません。じっと眺めて考えこんでみたり、夢みたり、プランを立ててもだめです。批評したり、本を熟読してみても同じことです。いい思いつきは、ほかの人の庭を歩いて見てまわって出てくるものなのです。たまたま通りかかった見知らぬ村のまん中で車をとめ、ぶらぶら歩いてみましょう。壁やフェンスを見上げ、生け垣の小さなすき間をちょっとあけて、中をのぞいてみるのです。夏の日曜日に公開される個人の庭のリストを見て、訪ねていって教わるのもいいかもしれません。もちろん、庭を眺めて楽しんだり、お茶をいただいたりすることもできます。バスの2階から庭の正面を見下ろしたり、電車の窓から庭の裏側を見たり、要は好奇心を持つことです。庭づくりをする人は、人の関心を惹いたり注目されたりするのを、気にかけません。

　それに、人の庭を見れば、自分の庭のどこがうまくいっていないか、いろいろなことがわかるでしょう。中には、つり合いのとれていない庭、手入れのゆきとどいてない庭、くみ合わせの悪い庭もあります。そういうのを見ると自分が同じまちがいをしないですむからです。

　まったくまねのできない庭もあります。だからこそ訪ねていくべきなのです。そのすばらしさ、雄大さ、感動する

ほどのみごとさ、規模、デザインの着想のよさ、創造の巧みさなどを見るために。そういう庭には、風景を楽しむすぐれた庭園や公園、由緒ある屋敷の庭があります。過去何世紀にもわたって庭づくりの名人が設計し、多大な労力と多額の費用をかけ、愛情と奉仕の精神で維持されてきたものです。とてもかなわないとわかったら、詳しいメモなどとる必要はなく、ただのんびりとくつろいで、澄みきった空気の中で深呼吸し、そのすばらしさをほめたたえていればいいのです。そういう庭園は、自分の庭をどうすればよいかなどということを教えてはくれません。ですから劣等感を持つ必要も、希望を失って不満な気持ちになる必要もありません。人間わざとは思えないような、別格のものなのです。

　それはただの庭というよりは、芸術作品です。その敷地に入って歩きまわり、中に溶けこんで、しばらくは庭園の一部になってごらんなさい。

　丹念によく刈りこまれ、ずっと遠くの湖まで続く広々とした芝生。湖には珍しい水鳥が泳ぎ、優美な橋がかかっています。見晴らしを妨げないようにつくられた隠れ垣もあります。その向こうには自然のままの草地があって、羊が点々といます。舞台ふうの芝生に上っていく階段、砂利を敷いたテラスまで下りていく石段。中央には観賞用の池や泉があります。シデをからませてつくった小道や、100メートルも続くキバナフジの細道や、バラのアーチが続く道を歩いて壮大な花壇の縁どりのほうへいくと、深紅色のレンガでできた高い壁があり、そのそばには果樹が垣根仕立てになっています。家の近くには温室があり、ルリマツリやモモ、ツバキ、ユリがたくさん、それに湿ったにおいや土の香りが満ちています。広い道を歩いていくと、美しく飾った岩屋とかつくりものの廃墟とか見晴らし台、さまざま

な様式の古代の彫像とかに出くわすかもしれません。小さいあずまやはたくさんあります。飾りけのない小屋やひとり楽しめる休息所や木陰もあります。生け垣の高さは6〜7メートルあり、あちこちがクジャクの形に刈りこまれています。

　大庭園のすばらしさは、形のよい木々や灌木が多いこと、それに種類が豊富な点です。これほど広がりを見せ、壮大な調和をとり、堂々とした存在感を持っているところはほかにはありません。中国ふうの様式や、木造のパゴダ、ほかにも東洋風の着想のものがいくつかあるかもしれません。それから、古代ギリシャのドリス様式の円柱、サクラソウでおおわれた谷も。葉の茂った沼地を抜けると、せまい曲りくねった下り坂の小道もあります。春ならシャクナゲにはっとさせられます。秋にはさまざまな落ち葉の色、冬には全体の設計や構成がはっきりとあらわれ、光が不意にさしこむと空が一面にさらけ出されます。ブレナム・パレス(オックスフォードシャー州にある屋敷)や、ストウ、ストゥアヘッド、ルーシャム、ウォーバン、チャッツワースなどの庭園は、6月の盛りのときはもちろん、冬の澄んだ明るい日もすばらしいところです。

　こういう場所やそれをつくった庭師は、もう2度と出てこないでしょう。もともとめったに出会えないものだし、そういう場所や人が残っていくにはさらに大事にされなければならないからです。こういう庭は、もっと丹念に手を入れることのできた落ち着いた時代のもので、今とは違う技法の庭づくりなのです。そうしたものをわたしたちの庭に移したり、つつましやかな個人の庭の規模に合わせることはできません。でも、大庭園の精神を持つことはできます。そしてそれがあれば、調和や秩序、おだやかな気分とゆとりを心に抱くことができるのです。

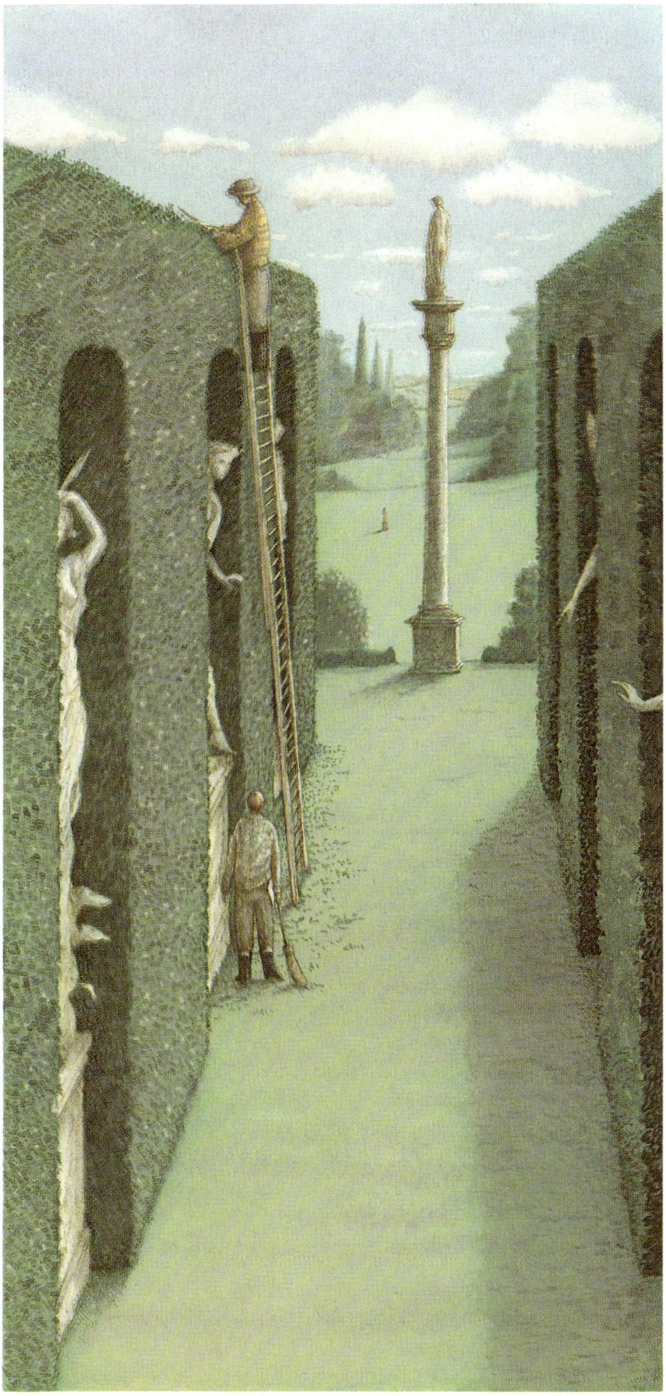

# 迷路の庭

"『ハンプトン・コートの迷路に行ったことがあるかい？』とハリスがわたしにきいた。ハリスは1度、ほかの人に道を教えるために入ったことがあり、地図で調べて行ったんだそうだ。とても簡単でばからしいほどなので、入場料に2ペンス払う価値もなかったという。『ちょっといっしょに入ってみないか。そうすれば、きみも行ったことがあるって言える。でもすごく単純で、迷路というのもばかばかしいくらいさ。最初の角で右に曲がって行けばいいんだ。だいたい10分ぐらい歩きまわれば出られるし、昼食にありつけるよ』

ハリスたちは、中に入るとすぐにいく人かの人に会ったという。その人たちは45分間も中にいて、すっかりうんざりしていたところだった。そこで、もしよかったら自分についてきてもいいですよ、とハリスは言った。ハリスはちょうど中へ入るところで、ぐるっとひとまわりしたら出てこようと思っていた。その人たちは『ご親切にありがとう』と言い、少し遅れてハリスの後についてきた。

かれらは迷路を歩きながら、早く出たがっているほかの人たちと合流し、とうとう迷路の中にいた全員がいっしょになってしまった。迷路から出るのをすっかりあきらめていた人や、自分の家族や友人に2度と会えないと思ってい

た人たちは、ハリスたちに会って勇気を奮いおこし、感謝して仲間に加わった。ハリスは右へ右へと曲がっていったが、それはどこまでも続いているようだった。彼のいとこはすごい迷路だと思ったそうだ。
　『ああ、ヨーロッパじゅうで、最大の迷路のひとつさ』とハリスがふざけて言った。
　『きっとそうだよね』といとこは真剣な口調で答えた。
　『もうたっぷり３キロぐらいは歩いたんだから』"
　　　　　　　　　　　　　ジェローム・K・ジェローム

# 水の庭

　水によって庭は変わるものです。ほかにどんなものがあっても水がなければ、あれほどの生気と光、躍動感と好奇心、さわやかさと芳香を与えてはくれないでしょう。夏の夜風にのって舞う、何万という木の葉のさやさやいう音でさえも、水にはとうてい勝てません。
　もっとも幸運な園芸家とは、自分の庭に自然のわき水が

流れているような人たちです。その周辺でなら、何でも育ちます。細長い草、浅い小川、小石の上にしたたる水の流れ、そして林の中の池。何年かするうちに、湿地を好む植物が生えてきますから、からまる雑草や勢いよく広がっていく植物は近づけないようにします。それとも目を楽しませるために、貴重な贈りものとして好きなようにさせておきましょうか。

　けれども何もない庭に水を引くのも、あんがい簡単なことです。あまり面倒もなく、効果が大いに期待できます。浅い池なら１日でつくれます。水が澄むまではそのままにしておき、すぐに根づいて定着するようなユリやアイリスや湿地帯の草を植えます。小さな噴水も驚くほど安くとりつけることができます。しぶきをあげて水がはねあがり、とてもさわやかな感じになるのです。庭園が坂になっていて、庭の一角に噴水をとりつけられるなら、岩をおいて滝をつくり、池や小川に水が流れ落ちるようにすることだってできます。高いところに上げる池は、石でつくれます。できあいの石を買ってきて、腰をかけられるような広くて平べったい岩棚をつくるのもいいでしょう。

　これまでわたしが自分の庭につけ加えたものの中でも、小さな池ほど楽しみを味わわせてくれたものはないような気がします。縁にすわって水音に耳を澄ましていると、心が静まり落ち着いてきます。水面にあたる光と影のたわむれを見つめ、隠れている魚をさがそうと水の深みをのぞきこみ、トンボの訪れや朝早く開いたまっ白なユリに驚き……すべてがその日の喜びとなっていくのです。

"風景の中で水ほどおもしろいものはない。人里離れたひっそりとした場所では、最高にすばらしい。遠くから目を惹き、わたしをさし招く。近づいてみると、何という喜び

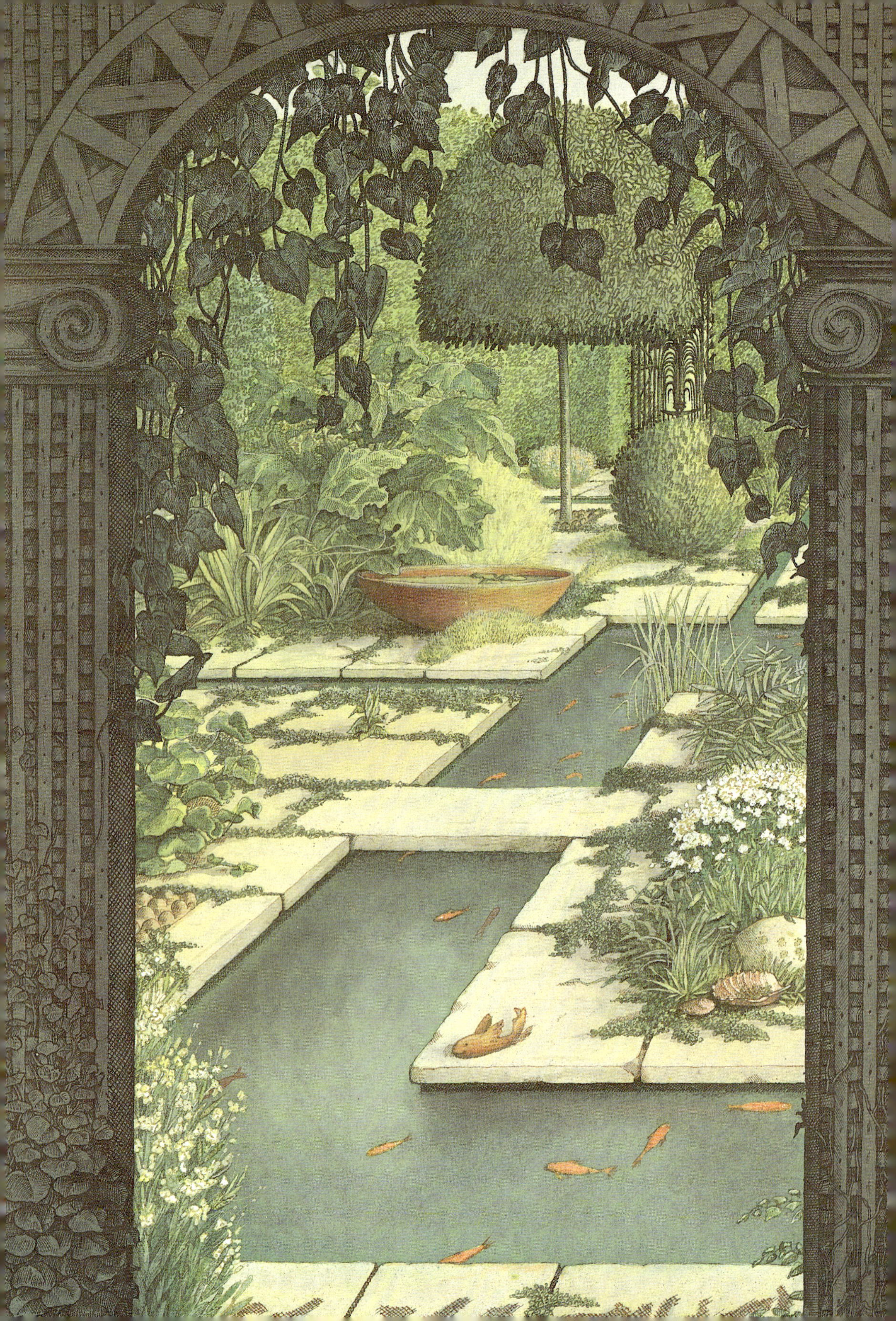

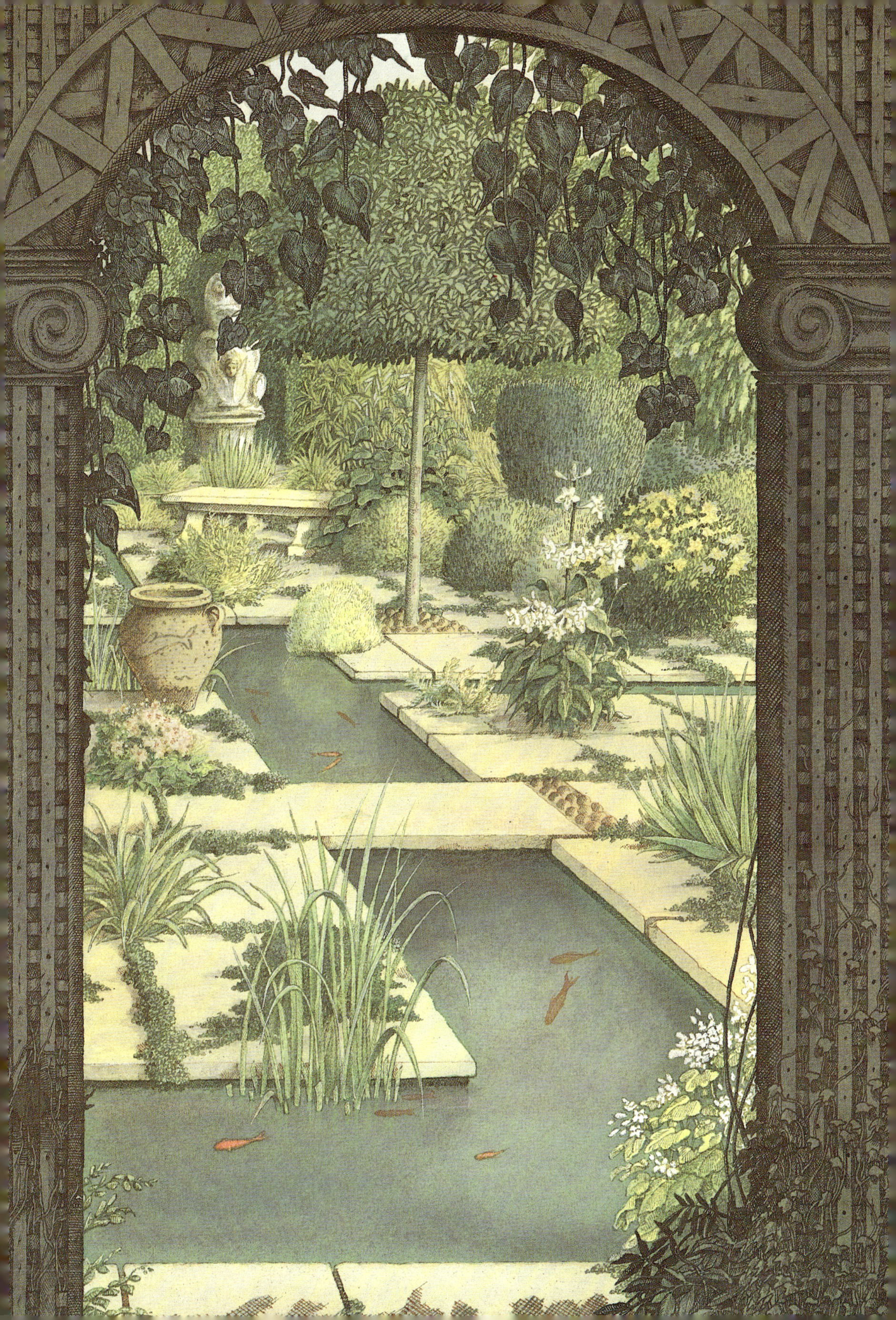

だろう。水は、何もないむきだしの土地を生きかえらせ、木陰をいきいきとさせ、さびしい場所を活気づけ、雑然とした眺めを豊かなものにしてくれる。その形や広がりは、最高の芸術作品に匹敵するほどで、いちばんこぢんまりしたものにも似合う。水はおだやかに一面に広がって、平和な光景をいっそうやわらげる。そして、曲がりくねった水路を勢いよく流れていき、陽気な情景には華やかさを、ロマンティックな情景にはとっぴさを加えたりもするのだ"
                                トマス・ウエイトリー

"噴水の端のところに、水草などを浮かべるセメントの池が、不規則な間隔でつくってあります。水草が水に映るのを見ていると、黒々とした灌木や藤や竹の群生を背にしているのではなくて、まるで青い空を背に生えているように見えます。それに気づく人は、きっと尽きることのない喜びを覚えるでしょう。たとえわずかでも、池の水と小さな噴水から落ちる水音があれば、暑い夏の日々に楽しみが生まれます。水槽が壁に近ければ、蛇口を上に向けて噴水にしてしまうこともできます。水やりには、日や空気にあたった水のほうがずっといいのは、いうまでもありません"
                                C・W・アール夫人

# わたしの空想の庭

　どんな庭にも独特の顔があります。それがその庭の中心であり力ともなって、特徴をつくり出し、ほかの庭との違いをはっきりあらわします。庭の状態かもしれませんし、形や、外見、眺望かもしれません。それとも何か個性的なもの――木や灌木が変わっているとかすばらしいとか、アーチの道、門、古い壁、あずまや、完璧な芝生といったものかもしれません。そういう個性を見つけて、ただ認めればいいのです。人の魅力と同じで、すぐにはわからないかもしれません。1年、いえ、もっとかかるかもしれません。けれども、庭に対して謙虚な気持ちと期待の両方を持っていれば、次第にわかってくるでしょう。草木の生えていない泥だらけの土地で何も植えられておらず、形もできていない状態から始めるなら、自分でその庭の特徴をつくりだすことができます。

　大人になって初めての庭は、わたしだけのものではなく、共同住宅の中で人と分けあう庭でした。表の窓の外に小さな花壇をつくってストックやペチュニアをいっぱい植え、裏には敷石を敷いて、桶の中にバラを植えました。

ほかの眺めは快適でしたが、芝地が盛りあがっているところは感じのいいものではありませんでした。その共同住宅は、一戸建の古い家のあった敷地に新しく建てられたもので、庭には大木がたくさんありました。その中でいちばんいい木がどの窓からも眺められました。それは小さな、節だらけでねじれた野生のリンゴの木で、古いレンガ塀を背に立っていたのですが、春には花が咲き秋には実がなり、冬じゅう、その裸の枝は不思議なとてもおもしろい形となって、空に向かって伸びていました。地味な緑の空間にひときわ目立ち、個性や精神さえ感じさせてくれたのです。

　結婚して初めて持った庭は細長いもので、ここでは庭をぐるりとかこんでいる塀がすてきでした。塀の上には野生のスイカズラが華やかに咲き競い、夏の夜じゅう香りを放っていました。そのすぐそばには、大きなライラックがありましたが、ライラックには多少困った面もあったのです。いつも暗い家から、わずかな光もさえぎってしまうのと、花が1年おきにしか咲かず、数週間咲いたあとには、色あせた茶色の枯れた花がきたならしく残るからです。それでも、一面があわ立つような白い花で輝く5月には、何もかも許すことができました。

　それからわたしたちは田舎へ越してきたのです。この庭の中心は小さな魔法のリンゴの木です。その木は低い石垣の前にがっしりと立っています。石垣のはるか彼方には土地がずっと遠くまで広がり、野原を下り、柳に縁どられた小川まで延々と連なっているのです。ところどころ、古いサンザシやリンボクの生け垣で、土地が四角や三角形に区切られています。この庭からはどの季節でも遠くまで眺めわたすことができ、どんな天候でも、空がわたしたちの育てているものの一部のように見えます。ここでは、あのリンゴの木は別として、高い木はどれも手入れされていませ

ん。実際、風が吹くときには手入れすることができないからです。この庭園は低く平坦ですが、眼下に広がるすばらしい展望の価値をそこねないために、このままにしておいたほうがいいのです。

　それでもここに来た当初は、不つりあいなものをたくさん見つけました。先見の明も想像力もない、趣味の悪い人が植えたのでしょう。巨大なモチの木の茂みやしっかりと根を下ろしておい茂ったクリスマスツリーが、眺めのまん中に立ちはだかっていたのです。ツバキもまるでぼさぼさの頭のように、あらゆる方向に伸び放題でした。それに、どこの庭でも悩みの種となるシダレ柳が5メートルぐらいにも育っていたし、9メートルほどのやぐらが立っていて、上り斜面になっている丘の、特に美しい光景が見えなくなっていたのです。花壇にはクイーン・エリザベス・ローズが咲きみだれていました。あの2メートル以上もの、勢いのあるひょろ長の貴婦人です。

　そんなふうに手入れの悪いものや見苦しいもの、つまらないものを取りはらい、見通しのよい眺めにするのに6年かかりました。それでもまだ植え続けています。このごろ

は長い間ずっと好きだったもの、最近見つけたものなど、いろいろなものを植えています。そして、好きではないものには、だんだん冷淡になってきました。年をとるにつれて、自分を楽しませてくれないようなものは、ひとつだって庭に植える必要はないことがわかったからです。柵でかこったところがたくさんあります。またクレマティスとスイカズラをそこらじゅうに這わせてみました。古い石塀には、2種類のすばらしいツルバラ、ニュードーンとマダム・アルフレッド・カリエールを這わせました。

　わたしはオレンジ色や赤い花は嫌いです。ヒマワリとラッパズイセンは別として、黄色い花も好きではありません。ですからわたしの庭には、華やかな色の花といったらピンク以外はまったくないのです。青い花が少し、そして、白い花はたくさんあります。ヒエンソウ、ルピナス、フロックスの花壇、ボタンがたくさん、イングリッシュ・ローズ、

古いバラの灌木、白いケシ、コブシ、小道の端に咲くクローブの香りの、古いレースのようなたくさんのナデシコなどです。

　ささやかな池もあります。サギがきまって明けがたにやってくるので、魚がそこに長くすみつくことはありません。でも噴水があり、その水音はわたしを喜ばせ、心を慰めてくれます。

　2月から3月の肌を刺すように冷たい季節に向けて、何百という球根を植えました。うんざりするような仕事ですが、毎年それでむくわれています。アネモネ、アイリス、ユキノハナ、クロッカス、それからごく小つぶのきゃしゃなラッパズイセンなどです。

　歩きまわれるような本物の果樹園がどうしてもほしくて、小ぶりのリンゴの木を、12本植えました。うまく根づいて、珍しい種類のおいしい実がなります。でも、どうもそれは

失敗だったようです。庭とよく調和していないのです。それに、そのリンゴの木が枯れたり吹き倒されても、もとどおりにはなりません。この果樹園はどこかしらちがった姿を見せることになります。

　そのほかに、子どもたちが遊べる草地もあります。家に接した菜園の中の平たい長方形の一画で、そこからでも遠くを見晴らすことができます。ハーブの畑もあります。そこでとれたものが何でもわたしのお気に入りになってしまう魔法のテラスでは、トマトを育てたり、ユリやゼラニウム、大きな鉢にはチャイヴを植えたり、いろいろなことを試みています。

　満足することを知らない子どものように、わたしはいつ

でも持っていないものがほしくなるのです。滝、葉の茂る沼地から流れる小川、ブルーベルが一面に咲く森、バラのアーチ、ツルをからませてつくった歩道、見晴らし台のあるあずまや、ユリの池、隠れ垣、エメラルド色の芝生のまん中に葉を広げたブナの木と、その低い枝から下がったブランコ。それから湖、ツバキ、細長い温室の中のルリマツリやモモの木、イチジク、迷路、低いツゲの生け垣、ルネサンス風のノット花壇のある庭、ミツバチの巣箱でいっぱいの果樹園、そして羊。

　わたしの心の中にある理想的な空想の庭は、永久にたどりつけない、手に入らないところにあります。夢の中でしか通れない扉の向こうにあるのです。

　やがて春です。日が輝き、さわやかなそよ風が吹いてきて、コマドリも水を飲みにやってくるでしょう。さあ、仕事が待っています。

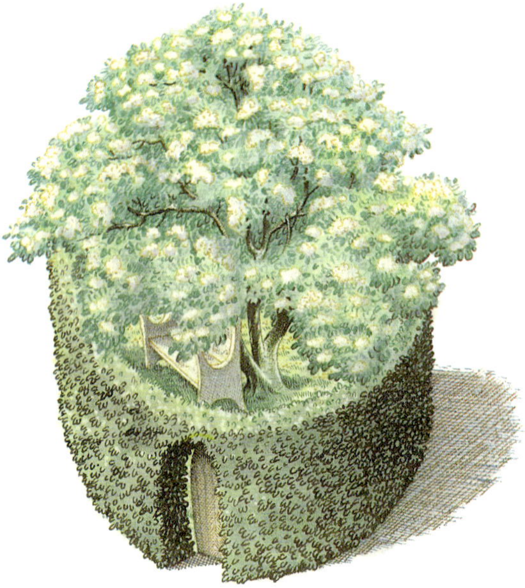

●スーザン・ヒル(Susan Hill)
1942年生まれ。ロンドン大学キングス・カレッジに学び、1961年、最初の小説『囲い』を出版。結婚・出産によって一時期執筆活動を中断していたが、1982年に発表した自伝的作品『不思議なリンゴの木』がベストセラーとなり、現在は小説・戯曲・評論など多くの分野で活躍している。オックスフォードシャー在住。

●アンジェラ・バレット(Angela Barrett)
ロンドン在住のイラストレーター。『みにくいあひるの子』『秘密の花園』など、多くの児童書の挿絵をてがけ、雑誌『サンデー・タイムス』ほか、さまざまな本のカバーイラストも描いている。主な作品に『スノーグース』『絵本 アンネ・フランク』(共にあすなろ書房)などがある。

●新倉せいこ
明治学院大学英文科卒業。翻訳などにたずさわり、1988年にはニューヨーク州の小・中学校で、日本文化を紹介。現在は外語ビジネス専門学校の日本語・英語の講師をつとめている。『私の中のシンデレラ・コンプレックス』(三笠書房)、『父親の役割・母親の役割』(キリン記念財団)などに執筆。「穹(そら)」同人。


**庭の小道から ―英国流ガーデニングのエッセンス―**

2008年3月1日　新装版第1刷発行
文＊スーザン・ヒル／絵＊アンジェラ・バレット／訳＊新倉せいこ
発行者＊西村正徳
発行所＊西村書店　　東京 出版編集部
　　　　　　　〒102-0071 東京都千代田区富士見2-4-6
　　　　　　　Tel.03-3239-7671　Fax.03-3239-7622
www.nishimurashoten.co.jp
印刷＊中央印刷株式会社
製本＊難波製本株式会社

ISBN978-4-89013-901-9　C0076　　　　NDC620　96p　24.5×17.5cm